배신 기사의 유쾌한 신의 9

초판 1쇄 발행 2024년 1월 12일

지은이 | 가언
발행인 | 최원영
편집장 | 이호준
편집디자인 | 한방울
영업 | 김민원 조은걸

펴낸곳 | ㈜ 디앤씨미디어
등록 | 2002년 4월 25일 제20-260호
주소 | 서울시 구로구 디지털로 26길 111 JnK디지털타워 503호
전화 | 02-333-2513(대표)
팩시밀리 | 02-333-2514
E-mail | seed_dnc@dncmedia.co.kr
블로그 | blog.naver.com/gnpdl7

ISBN 979-11-6145-607-2 04810
ISBN 979-11-6145-506-8 (SET)

※ 저자와 협의하여 인지는 붙이지 않습니다.
※ 이 책은 ㈜ 디앤씨미디어(시드북스)가 저작권자와의 계약에 따라 발행한 것으로 본사와 저자의 허락 없이는 어떠한 형태나 수단으로도 내용을 이용할 수 없습니다.

배신기사의 유쾌한 신의

가언 판타지 장편소설

SEEDBOOKS FANTASY NOVEL

1장 사람 말을 끝까지 들어야지 · 7

2장 날강도 같아도 어쩔 수 없어요 · 59

3장 모두 제정신이 아니야 · 109

4장 평화는 무정하다 · 163

5장 별일 아닌 것처럼 · 223

6장 틀렸어, 이 자식아 · 275

1장. 사람 말을 끝까지 들어야지

사람 말을 끝까지 들어야지

"어둠의 신이 악신이라는 사실을, 자카르 님은 알고 계셨습니까?"

싸늘한 침묵의 끝에서 라이오스가 가장 먼저 운을 뗐다.

"최근에야 알게 되었습니다. 그 부분도 차차 말씀드리겠습니다."

천천히 대답하는 자카르의 목소리가 한층 안정을 찾았다.

잠깐 말을 고르던 자카르가 다시 입을 열었다.

"바깥에 살던 당시, 아버지는 진귀한 물건을 취급하는 상인이셨습니다. 당신께서도 여러 종족의 물품을 모으는 취미가 있으셨고요. 어둠의 신의 물건을 가져온 이들은 드워프 상인이었습니다. 아버지께 그것을 팔러 온 듯했습니다."

"그리고 폴라리스 장로님은 그걸 구매하셨고요?"

아렌트의 물음에 자카르가 고개를 끄덕였다.

"아마도. 그리고 아버지…… 아니, 폴라리스 장로님은 얼마 지나지 않아 2왕국으로의 이주를 추진했다."

그 물건이 뭔지, 왕국으로 들어온 뒤 어떻게 됐는지는 자카르도 알지 못했다.

이주한 지 얼마 지나지 않아 그의 아버지는 장로가 되었다.

외부에서 들어온 폴라리스가 어째서 그리 빨리 장로에 임명됐는지 아는 사람은 아무도 없었다.

몇몇이 의문을 품긴 했지만, 그가 교역과 관련된 일을 훌륭히 처리하게 되자 불만은 이내 사라졌다.

거기까지 설명을 들은 아렌트가 고개를 기웃했다.

"흐음…… 상인이셨다고 했으니까 자연스럽게 교역 쪽을 담당하시게 되는 건 당연한 일이네요. 그리고요?"

"……."

하지만 자카르는 당장 답하지 않고 한동안 아렌트를 가만히 보기만 했다.

그러자 아렌트가 한쪽 눈썹을 치켜올리며 뻔뻔하게 툭 내뱉었다.

"왜요? 잘생긴 사람 처음 보십니까?"

"와……."

탄식을 터뜨린 사람은 아서였다.

옆에서 리히트 역시 떨떠름하게 중얼거렸다.

"엘프 상대로 저런 말을 하다니."

"……근데 딱히 틀린 말은 아니라서 좀 열받는데?"

그 말을 받아 르웰린이 굉장히 아니꼽다는 얼굴로 중얼거렸다.

아닌 게 아니라, 놈의 쓸데없이 잘생기고 곱상한 얼굴은 엘프들 사이에서도 전혀 뒤지지 않았다.

지금껏 아렌트의 얼굴에 너무 익숙해져서 미처 자각하지 못했을 뿐이었다.

어처구니없는 말에 뭐라 반응도 하지 못하고 눈만 끔뻑이던 자카르가 이내 심란하게 대답했다.

"……의외로 진지하게 경청해서 놀랐다."

"누굴 이유도 없이 사람 물어뜯는 미친개로 아시나."

아렌트의 어처구니없다는 대꾸에 자카르가 굉장히 새삼스럽게 되물었다.

"아니었나?"

"아니었어?"

"맞잖아."

뒤이어진 목소리는 르웰린과 아서였다.

라이오스와 리히트 역시 당장이라도 말을 얹고 싶은 것을 꾹꾹 눌러 담는 눈치였다.

"……."

아렌트가 잠시 입을 다물었다.

보통은 부정하겠지만, 자신이 생각해도 그동안 해 먹은 게 너무 많았다.

어색한 침묵이 흐르자 라이오스가 급하게 개입했다.

"지금 추측해 보면, 그 물건을 가지고 온 공로를 인정받아 장로직을 역임하시게 되었을 가능성도 있을 듯합니다."

"……제 생각도 그렇습니다. 지금은 단지 억측에 불과할 뿐이지만요. 지금껏 그 일을 잊고 지내다 최근에 떠올랐습니다."

잠시 심란한 눈으로 아렌트를 보던 자카르가 순순히 화제를 원래대로 돌려주었다.

"엘프 내부의 배신자가 정령석을 탈취하고 달아났습니다. 그 직후 대장로님이 항구 봉쇄를 명하셨습니다. 그리고 실비안 대장이 배신자를 추격하러 파견된 후, 또다른 비밀 명령이 내려왔습니다."

"그게 뭔데요?"

르웰린이 호기심을 드러냈지만 자카르는 한동안 대답하지 못했다.

여기까지 털어놓았으면서도 이 이상 이야기해도 괜찮은지 확신하지 못한 탓이었다.

그러나 자카르는 얼마 지나지 않아 마음을 다잡았다.

"특정 신이 언급된 문헌을 모두 지하 창고에 봉인하라는 말씀이었습니다."

"……."

그 신이라 함은 분명 어둠의 신을 일컫는 것일 터였다.

응접실 내에 다시 착잡한 침묵이 번졌다.

자카르가 천천히 말을 이었다.

"명령을 받은 사람은 폴라리스 장로님과 저, 단둘뿐이었습니다. 다른 사람들에게 발설해서는 안 된다는 엄명도 함께였습니다. 그때 왕국 밖에서 있었던 일이 떠올랐습니다."

신관도 아닌 두 사람에게 그런 명이 내려온 것은 이상한 일이었다.

분명 폴라리스 장로가 과거 어둠의 신의 물건을 손에 넣었던 것이 영향을 미쳤다고, 자카르는 그리 추측했다.

명령이 내려온 시점은 이미 배신자가 탈주한 사건의 배후에 악신이 있을지도 모른다는 가능성이 제시된 상황이었다.

사태가 그 지경이 된 뒤 급하게 '어둠의 신'에 관한 문헌을 숨기라는 명령이 내려온 것이다.

자카르는 자연스레 '어둠의 신'이 악신의 다른 이름이라고 추측할 수 있었다.

사람 말을 끝까지 들어야지 〈13〉

대장로와 폴라리스 장로에게 의심을 품게 된 것 역시 당연한 일이었다.

그의 이야기가 끝날 무렵, 아렌트는 가만히 입을 다물고 상념에 잠겼다.

악신의 존재는 다른 장로들도 알고 있다.

아마 칼리온 제국에 영웅 칸의 일대기가 전해져 내려온 것처럼, 공공의 적으로 인식되는 정도였을 터였다.

그러나 어둠의 신이 악신이라는 사실을, 적어도 폴라리스 장로는 80년 전부터 알고 있었다는 뜻이 된다.

'대장로도 옛날부터 그걸 알고 있었나……? 아니면 폴라리스 장로가 알려 줬을 가능성도 있고.'

자카르는 아버지를 곁에서 지켜보며 자연스레 그걸 알게 되었다.

일단 폴라리스 장로가 아주 큰 단서를 쥐고 있다는 게 확실해졌다.

그리고…….

이걸로 확신이 생겼다.

원작의 엘프들은, 적어도 대장로와 폴라리스 장로, 그리고 자카르는 적이 악신이라는 것을 인지하고 있었다.

그러면서도 성검이 선택한 영웅인 라이오스에게는 아무것도 알려 주지 않은 것이다.

심지어 자카르는 라이오스와 우정을 나누었으면서도

단 한마디도 하지 않았다.

소설에서의 자카르는 이따금 죄책감 어린 표정을 지어 보이곤 했다.

라이오스는 그 표정이 동료들을 지키지 못한 아픔에서 비롯된 것이라 여겼다.

하지만 어쩌면 그는, 안개숲 대장 자카르는 라이오스에게 미안해하고 있었을지도 모른다.

여기까지 오니 원작에서는 드러나지 않았던 시나리오가 얼추 상상이 갔다.

실비안은 적이 악신교라는 것 이외의 정보는 알지 못했다.

적의 규모가 얼마나 되는지, 어떤 마법을 쓰는지 그녀는 전혀 몰랐다.

그 상태로 진을 추격하다 결국 목숨을 잃어버렸고, 그녀의 죽음에 부채감을 가진 자카르가 대신 대장직을 맡는다.

대장로는 상황을 가장 잘 알고 있는 자카르를 칼리온 제국에 파견하고, 은밀히 진과 정령석의 행방을 찾으며 전선을 확인할 것을 명했다.

지금 했던 고민을 원작의 자카르 역시 그대로 했을 것이다.

하지만 그는 대장로의 명령을 따르고 함구하는 쪽을 선

택했다.

 그 후 칼리온 제국의 전투에 개입한 자카르는 적과 용맹하게 싸우는 라이오스에게 동경 비슷한 것을 가지게 되었다.

 어쩌면 연민이었을지도 모르겠다.

 라이오스와 가까워진 뒤에는, 자신이 라이오스를 기만하고 있다는 사실에 죄악감을 느꼈을 것이다.

 자카르는 그것 때문에 라이오스의 믿을 만한 동료 행세를 한 것이다.

 "교관님."

 "왜 그러지?"

 "별로 죄송하진 않고, 한 대만 쳐도 됩니까?"

 뜬금없는 말에 자카르는 말문이 막히고 말았다.

 어린 기사의 잘생긴 얼굴에서 흉흉한 기세가 느껴져 자카르는 저도 모르게 말을 더듬고 말았다.

 "갑, 갑자기 왜 그러나."

 "생각해 보니 열받아서요. 혼자 삽질하고 있었으면서, 애꿎은 우리한테 화풀이하신 거잖아요. 의심 가는 사람은 우리가 아니라 대장로님이랑 폴라리스 장로님인데, 인간은 믿을 수가 없다는 말이나 지껄이시고. 아주잘하는 짓입니다."

 아렌트가 진짜 울컥한 이유는 그것만이 아니었지만, 견

습 기사의 입장에서는 그리 말할 수밖에 없었다.

하지만 그것만으로도 자카르에게는 변명의 여지가 없었다.

"……."

입이 열 개라도 할 말이 없기에 교관은 그냥 침묵을 지켰다.

이번만큼은 르웰린도, 기사들도 아렌트를 책망하지 않았다.

"……면목 없군."

"면목 없으면 행동으로 갚으세요."

까칠하게 대꾸한 아렌트는 다시 머리를 굴렸다.

방금 한 추측이 옳다면 실비안은 전쟁이 본격화되기 이전 전사했다.

이번에는 운 좋게도 라이오스와 기사들이 중간에 끼어든 덕에 함께 엘프 왕국으로 돌아왔고, 그 결과 죽음을 면했다.

즉 악신교에 넘어갈 가능성이 없는 사람 중 하나였다.

그렇다면 그녀 역시 믿을 수 있는 사람일 것이다.

생각을 끝낸 아렌트가 입을 열었다.

"다른 건 다 차치해 두고, 어둠의 신이 언급된 자료가 있다는 거죠?"

"……하지만 다른 신들의 일화에 이따금 언급되는 정

도가 다였다."

"어둠의 신의 경전이나, 그 신 자체를 설명하는 문헌은요?"

"그런 건 없었다. 아마 이전 세대에서 처분했겠지."

자카르의 대답에 아렌트가 간단히 고개를 끄덕였다.

"좋아요. 일단 그걸 까 보는 걸 최종 목표로 두죠. 폴라리스 장로님이 구입하셨다는 물건도 확인해 봐야 합니다. 그러기 위해선 다른 문제들 먼저 해결해야 하고."

"하지만 그건 외부인에겐……."

"뭐요. 불만 있어요? 마음에 안 드시면 이대로 대장로님께 찾아가서 뒤엎는 수가 있습니다. 실비안 대장님이 어떻게 협박당했는지 혹시 못 들었어요?"

반사적으로 딱딱하게 말하려던 자카르는 곧장 돌아온 까칠한 대꾸에 할 말을 잃어버리고 말았다.

르웰린이 경악했다.

"너, 설마 또?"

"슈타들러 백작님이 기껏 좋은 물건을 만들어 주셨는데, 써먹을 수 있을 때 써먹어야지."

아렌트는 주머니에 넣어 뒀던 기록석을 쓱 꺼내 보여 주었다.

상급 마정석이 박힌 큐브가 영롱하게 반짝이고 있었다.

아서가 질린 목소리를 냈다.

"저 철두철미한 놈……."

"……."

입을 떡 벌린 자카르는 제법 충격받은 얼굴이었다.

그리 이상한 일은 아니었다.

자카르 정도 되는 자가 기록 저장석의 마력을 감지하지 못할 리 없다.

하지만 주변에는 오랜 수련으로 마력을 차곡차곡 쌓아 올린 인간들이 몇이나 있었고, 게다가 아렌트와 아서, 리히트의 검에도 마정석이 박혀 있었다.

마력이 넘쳐 나는 공간에 있다 보니 미처 기록 저장석이 작동하는 것을 눈치채지 못한 것이다.

보란 듯이 손안에서 큐브를 굴리며 아렌트가 삐딱하게 말했다.

"이게 뭔지는 아실 테고. 여차하면 들고 대장로님께 갈 거니까 그렇게 아세요. 실비안 대장님이랑 나란히 기밀 유출 때문에 사형당하고 싶으신 게 아니라면 고분고분하게 따르시는 게 좋을 겁니다. 나쁜 짓은 안 할 테니까요."

"제발 부탁인데, 그런 식으로 악당처럼 말하지 마라. 같은 편이라는 데에 회의감 드니까."

리히트가 굉장히 유감을 담아 말했지만 아렌트는 익숙하게 무시했다.

멍하니 있던 자카르가 퍼뜩 정신을 차리고는 마지막으

로 반항했다.

"……나에게 어느 정도 신뢰가 있어서 협력을 제안하려고 불러들인 것 아니었나?"

"그런 거 없습니다. 세상이 믿음으로만 돌아가면 싸움은 왜 있고 전쟁은 왜 있겠어요? 제게 필요한 건 자카르 님의 노동력뿐입니다. 신의 따위 알게 뭐예요?"

하지만 그게 통할 리 없었다.

간단히 자카르를 닥치게 만든 아렌트는 라이오스를 보았다.

"단장님."

"……왜."

굉장히 마뜩잖다는 얼굴로 라이오스가 대답했다.

아렌트가 삐딱하게 한마디 툭 내뱉었다.

"단장님의 쓸데없이 진지하고 고지식한 면이 빛을 발할 때가 왔어요."

"뭐?"

그 뜻 모를 말에 라이오스가 의아하게 되물었다.

그러자 아렌트는 무표정하던 얼굴에 씨익 장난스러운 미소를 드리웠다.

"재미있는 연극 한번 해 보자고요."

첫 번째 목표는, 지금 가장 신란해하고 있을 대장로였다.

* * *

다음 날 아침.

자카르는 실비안에게 자초지종을 털어놓았다.

가만히 이야기를 경청하던 실비안의 눈동자에서 점점 영혼이 사라져 갔다.

결국 설명이 마무리될 무렵에는 둘 사이에 어색한 침묵이 자리 잡고 말았다.

"……."

"……그렇게 됐습니다."

망연한 눈으로 허공을 바라보는 실비안에게 자카르가 어색하게 덧붙였다.

실비안은 차마 뭐라고 말해야 할지 감도 잡히지 않는다는 얼굴이었다.

한참의 침묵 후, 드디어 그녀가 입을 열었다.

"……죄송합니다."

실비안은 마치 어렸을 때 그랬던 것처럼 자카르에게 말을 높이고 있었다.

자카르가 당황해 물었다.

"무슨 말씀이십니까?"

"사석입니다. 말씀 편하게 하세요."

실비안이 엉뚱한 답을 내어놓았다.

그 단호한 어조에 잠깐 입을 다물었던 자카르가 곧 짧은 한숨을 내쉬었다.

"그게 왜 네 탓이냐."

"제가 좀 더 주의 깊게 살폈다면 그럴 일도 없었을 테니까요. 지클린이……."

"아니다."

실비안이 말을 채 끝맺기도 전, 자카르가 말허리를 잘라 버렸다.

실비안이 고개를 들었다.

"교관님?"

"네가 죄책감을 가질 필요는 없다. 그건 쓸데없는 자학이고, 일을 효율을 떨어뜨릴 뿐이다."

차가운 대답에 실비안의 표정이 재차 흐려졌다.

"……죄송합니다."

"……."

그녀를 응시하는 자카르의 낯빛이 어두워졌다.

이따금 실비안과 이야기를 나누다 보면 마음이 불편해지곤 했다.

바로 지금 같은 때였다.

어깨를 늘어뜨린 실비안을 가만히 지켜보자니 어째선지 건방진 견습 기사의 말이 떠올랐다.

'속을 터놓는 건 부끄러운 일이 아니라고 했던가.'

뉘앙스는 조금 달랐지만, 어쩌면 이게 핵심일지도 모른다.

실비안은 부담감과 죄책감을 가지고 있다.

자신의 위치와 말버릇이 어쩌면 그녀에게 나쁜 영향만 끼치고 있을지도 몰랐다.

들리지 않도록 마른침을 삼킨 자카르가 신중하게, 하지만 짧게 말했다.

"난 그게 네 잘못이라고 생각하지 않는다."

"예?"

실비안이 눈을 동그랗게 떴다.

자카르는 그녀의 시선을 슬쩍 피하면서도 천천히 말을 이었다.

"배신자를 추격하다 놓친 것도 어쩔 수 없는 일이다. 갑작스러운 상황에 제대로 대처하지 못한 건 나 역시 마찬가지였다. 부하들이 당한 것 역시 네 탓이 아니다."

"……"

"배신자, 지클린의 돌발 행동 역시 네 탓이 아니다. 지클린이 널 잘 따르긴 했지만, 이건 엘프 전체의 책임이지. 아이를 제대로 돌보지 못한 어른 모두의 잘못이다."

자카르가 드물게도 길게 말을 잇는 내내 실비안은 얼이 빠진 채 멀뚱멀뚱 그를 응시했다.

사람 말을 끝까지 들어야지 〈23〉

말을 고르며 한참 동안 망설이던 자카르가 드디어 마지막 한 마디를 꺼냈다.

"내가 자꾸 참견하는 것은, 너를 못 믿어서가 아니라 걱정되어서 그런 것뿐이다. 그러니 혹시 주제넘다고 여긴다면 언제든지……."

뒤늦게 실비안의 멍한 얼굴을 발견한 자카르가 말을 흐렸다.

어색한 정적이 흘렀다.

실비안은 자리에 못 박힌 듯 서서 아무런 말도 꺼내지 못했다.

결국 이번에도 먼저 운을 뗀 쪽은 자카르였다.

"……그, 뭔가 문제라도 있나?

"예? 아, 아니요. 아무것도 아닙니다."

그 목소리에 갑자기 봉인이 풀린 듯 실비안이 화들짝 놀라며 양손을 내저었다.

"그냥, 설마 교관님이 그렇게 말씀하실 줄은 모르고…… 감사합니다. 새겨듣겠습니다."

누가 봐도 얼떨떨한 얼굴로 말한 탓에 설득력이 전혀 없었다.

자카르는 한숨을 푹 쉬며 얼굴을 쓸어내렸다.

"그리고 난 네 교관이 아니다. 나한테 제대로 배운 적도 없으면서 교관님이라고 부르지 마라."

"아닙니다. 어릴 때부터 많은 가르침을 받았습니다. 그러니 교관님은 교관님이십니다."

황망한 와중에도 실비안이 대답했다.

"사실…… 자카르 님이 저를 원망하고 계신다고 생각했습니다."

"뭐? 아니, 그럴 리가. 내가 왜 너를 원망하지?"

예상치 못한 말에 자카르가 놀라 물었다.

실비안은 잠깐 뜸을 들이다 다시 입을 열었다.

"……아까도 말씀드렸다시피 지클린은 저를 잘 따랐으니까요. 최근 들어 사석에서는 말을 걸지 않으시고, 거리를 두시는 것 같기에…… 게다가 임무도 실패했으니 저를 경멸하셔도 당연한 일이라 여겼습니다."

실비안이 횡설수설 덧붙이는 말에 자카르는 아연실색하고 말았다.

한참 뒤에 자카르가 멍하니 입을 달싹였다.

"……나는 그냥, 네가 걱정되어서……."

설마 실비안이 그렇게까지 여길 줄은 몰랐던 그였다.

충격에 빠진 자카르의 얼굴을 본 실비안이 흐리게나마 미소 지었다.

"하지만 아니라는 걸 알았으니 괜찮습니다. 미워하셔도 이상한 일이 아닌데, 걱정까지 해 주셨다니 감사합니다."

"……."

자카르는 한동안 아무런 말도 하지 못했다.

말문이 막힌 그 대신 실비안이 재빨리 화제를 돌렸다.

"그래서…… 이제부터 어떻게 하실 겁니까? 자카르 님이 그들과 함께 움직이신다면 저 역시 당연히 협력하겠습니다."

"정말 그걸로 괜찮겠나? 일이 잘못된다면 크게 처벌받게 될지도 모른다."

퍼뜩 정신을 차린 자카르가 진지하게 묻자 실비안이 쓴 미소를 띠며 고개를 끄덕였다.

"별수 없잖습니까. 지금 당장 실직자가 되고 싶지는 않으니까요."

한바탕 대화를 나눈 끝에, 실비안은 아까보다 확실히 가벼운 낯빛을 하고 있었다.

자카르는 조금 안도했다.

하지만 아렌트에게 지시받은 일을 떠올리자마자 다시 착잡한 마음이 되고 말았다.

"……?"

갑자기 입을 다문 자카르를 향해 실비안이 고개를 갸웃했다.

그리고 몇 초 후.

그녀는 이끼와는 조금 다른 의미로 할 말을 잃어버리고 말았다.

* * *

라이오스의 뒤에서 걷던 리히트가 먼저 운을 뗐다.

"그 이야기, 어떻게 생각하십니까?"

주어 없는 말이었지만 뜻은 충분히 이해할 수 있었다.

폴라리스 장로와 알타이르 대장로에 관한 이야기였다.

대답하기 전, 라이오스는 습관적으로 주변에 엿듣는 사람이 없는지 확인했다.

다행히도 두 사람의 대화를 들을 수 있는 거리 안에는 아무도 없었다.

"글쎄, 하지만 여러 가능성을 생각해 봐야지."

"제 생각에는…… 우리가 알 수 없는 일이 벌어진 건 맞지만, 그렇다고 두 분이 첩자라고 확신할 수는 없을 것 같습니다."

"나 역시 동의한다."

폴라리스 장로와 대장로 사이에 모종의 사건이 있었던 것은 거의 확실했다.

하지만 그게 두 사람이 악신교의 첩자라는 증거가 되는 것은 아니었다.

잠깐 뜸을 들이던 라이오스가 목소리를 낮춰 덧붙였다.

"……물론 자카르 교관의 생각은 조금 달랐던 듯하지만."

내부인인 자카르에게는 달리 느껴졌을지도 모른다.

독단적으로 항구를 막아 버리고, 외부에는 실비안을 비롯한 소수의 인원만을 파견하는 등 대장로는 악신교에 대응하는 데에 소극적인 태도를 보였다.

그 모습이 마치 악신교와 대적하고 싶지 않은 첩자처럼 비쳤을 가능성이 있었다.

그러나 외부인인 기사들이 봤을 때, 대장로의 방어적인 태도는 진심으로 악신교를 두려워하는 마음에서 우러나온 것처럼 느껴졌다.

'그렇다면 알타이르 대장로는 단지 겁에 질려 잘못된 판단을 내린 것일 뿐이다.'

대장로가 결백하다면, 그에게 악신교의 물건을 바친 것으로 추정되는 폴라리스 장로에게도 혐의점은 없을 것이다.

물론 그 물건이라는 게 뭔지, 대장로는 어째서 악신교에 관한 자료가 있으면서 지금껏 숨겨 왔는지는 더 조사해 봐야 알겠지만.

여기까지가 기사들의 추측이었다.

한동안 가만히 입을 다물고 있던 리히트가 다시 운을 뗐다.

"단장님, 한 가지 여쭤볼 것이 있습니다만."

"뭐지?"

"자카르 교관에게 한 마디 언질이라도 줬다면, 그래도 조금 마음 편하게 돌아갔을 듯합니다만."

"……."

"함구하신 까닭이 있으십니까?"

라이오스는 침묵을 지켰다.

그 뒷모습을 응시하는 리히트의 시선이 미묘해졌다.

그것을 느낀 라이오스가 되받아쳤다.

"그러는 넌. 마찬가지로 언질은 언제든 줄 수 있었을 텐데."

"……."

그렇게 묻는다면 리히트도 할 말이 없었다.

사실 이유는 명확했다.

자카르 정도 되는 자가 아렌트에게 쥐락펴락 당한 이유는 딱 하나였다.

아버지를 믿을 수 없다는 불안감에 잡아먹힌 탓이었다.

만약 그 의심이 풀리게 된다면 협박의 효과도 줄어들 것이라고……

라이오스와 리히트 둘 다 거기까지 생각이 미친 것이다.

독한 술을 가져다가 쓰러질 때까지 먹여 댄 엘프들에게 아직 사소한 유감 역시 남아 있었고.

사람 말을 끝까지 들어야지 〈29〉

한참 동안 침묵하던 리히트가 떨떠름하게 중얼거렸다.
"……이렇게 말하는 것도 이상합니다만, 괜찮은 건지 잘 모르겠습니다."
그들의 사고방식이 지나치게 아렌트에게 물들어 버렸다.
심지어 단장조차도.
라이오스는 대꾸하지 않았다.
선뜻 긍정하기에는 기분이 좋지 않은데, 그렇다고 부정하려니 양심에 찔린 탓이었다.
멀리서 대장로의 호위 겸 비서가 가까이 다가오는 기척에 두 사람은 대화를 멈췄다.
"대장로님께서 기다리십니다."
짧게 말한 엘프는 곧장 몸을 돌려 앞장서기 시작했다.
두 사람은 조용히 뒤를 따랐다.
집무실로 들어가자 대장로가 그들을 맞이해 주었다.
"어서 오십시오, 라이오스 단장. 그리고 리히트 경. 다른 분들은요?"
"각자 휴식을 취하고 있습니다. 르웰린 왕자님은 지인을 찾아뵌다고 하셨고요."
라이오스가 살짝 묵례하자 대장로가 특유의 사람 좋은 미소를 지었다.
"다행이군요. 먼 타지까지 걸음하셨는데 편히 쉬지 못하실까 걱정했습니다."

"염려해 주셔서 감사합니다."

그렇게 대답하며 라이오스는 대장로의 안색을 살폈다.

긴 세월을 살아온 엘프의 연륜이 느껴지는 아름다운 얼굴에 약간 그림자가 져 있었다.

"오늘은 어쩐 일이신지요? 불편하신 점이 있으시다면 편히 말씀해 주시지요."

"불편한 점은 없습니다. 환대해 주신 덕에 편히 쉬고 있습니다. 하지만 저희는 휴양을 위해 찾아뵌 것이 아니니까요."

라이오스가 조용히 말했다.

알타이르는 이해했다는 듯 선선히 고개를 끄덕였다.

"……그렇지요."

"휴식은 충분하니, 이제는 본론을 이야기하고 싶습니다. 제국을 오래 비우기 힘든 상황이다 보니, 서두를 수밖에 없는 점 이해 부탁드립니다."

라이오스는 전날 견습 기사가 자신에게 내린 지령을 떠올렸다.

"평소대로 하시면 됩니다. 그쪽이 피하고 싶어 하는 화제를 먼저 꺼내고, 모호하게 어물쩍 넘어가려 하신다면 확실히 짚고 항의하는 거. 쉽죠? 아, 리히트 선배도 같이 가세요."

사람 말을 끝까지 들어야지 〈31〉

감히 단장에게 명령조로 지껄이면서도, 놈에게서는 분명한 확신이 느껴졌다.

모든 게 제 뜻대로 될 거라는 자신감이.

다른 이들도 저마다 하나씩 임무를 받아 흩어졌다.

아서와 르웰린 역시 조금 투덜거리긴 했지만 이의는 없어 보였다.

누구 한 명이라도 실수를 저지른다면 엎어질지도 모를 판이었다.

하지만 아렌트의 계산에는 그런 일은 전혀 포함되지 않은 듯했다.

그래서 라이오스는 건방진 견습 기사의 기대, 혹은 신뢰에 충분히 부응해 주기로 마음먹었다.

어느 정도 혐의가 사라졌다고는 하지만, 대장로와 폴라리스 장로가 결백하다고는 아직 확신할 수 없었다.

그러니 지금 이 자리에서 그들의 결백을 검증해야 했다.

"엘프족 내의 배신자, 지클린에 관해 논의하고 싶습니다. 그리고 대장로님의 대처에 대해서도 한번쯤 대화를 나누었으면 합니다만."

"……."

단도직입적인 말에도 알타이르 대장로의 표정은 전혀 변하지 않았다.

잠깐 뜸을 들이던 그가 선선히 고개를 끄덕였다.

"물론 그러셔야지요. 긴 이야기가 될 듯하니 차를 내오라 하겠습니다."

알타이르 대장로는 여전히 평온해 보였다.

하지만 라이오스와 리히트는 표정 관리라면 제일가는 귀재와 매일같이 얼굴을 마주해 왔다.

그래서 두 사람은 직감할 수 있었다.

알타이르 대장로의 평온한 낯은 정교하게 만든 가면이었다.

그것을 벗겨 낸 순간, 또 다른 민낯이 드러날 게 분명했다.

* * *

빠르게 걸음을 옮기던 르웰린은 왁자지껄 터져 나온 소리에 무심코 고개를 돌렸다.

"응?"

"무슨 소란이죠?"

아서 역시 의아하게 고개를 돌렸다.

어느새 두 사람은 엘프들이 사용하는 연무장까지 다다라 있었다.

우글우글 모인 인파 가운데에 서 있는 사람은 역시나 아렌트였다.

맞은편에는 여기까지 오는 내내 그에게 실컷 농락당한 사할린이 짜증을 터뜨리고 있었다.
　두 사람은 걸음을 멈췄다.
　"대련이라도 하는 것 같습니다."
　"그러게."
　아서의 말에 르웰린이 고개를 끄덕였다.
　거리가 꽤 있음에도 아렌트의 은발이 도드라지게 보였다.
　르웰린이 마음에 안 든다는 듯 투덜거렸다.
　"진짜 쓸데없이 잘생겼단 말이지. 엘프들 사이에서도 안 밀릴 건 또 뭐야?"
　"제 말이요. 원래 꼴값한다고들 하잖습니까."
　아서 역시 불만을 터뜨렸다.
　시작은 진지한 대련이었겠지만, 지금은 아니었다.
　심판을 보던 젊은 엘프는 웃음을 참지 못해 허리를 숙이고 부들부들 떨고 있었다.
　구경하던 엘프들도 폭소를 터뜨리며 박수를 짝짝 쳐 대고 있었다.
　아렌트가 능글맞은 얼굴로 사할린에게 말을 건네는 게 보였다.
　그 근처에는 서리 어린 손길의 흔적이 고스란히 남아 있었다.
　'이상한 놈이라니까.'

왁자지껄한 연무장을 바라보는 아서의 눈이 심란함에 물들었다.

정작 본인은 결코 소리 내서 웃는 법이 없는 주제에, 광대 짓은 잘도 해 댄다.

고작 몇 마디로 사람을 쥐락펴락하는 재주는 두말할 것도 없었고.

아서가 탄식을 터뜨렸다.

"안타깝네요. 침착하게 싸운다면 아렌트를 못 이기실 것 같진 않은데."

"그게 문제지. 저놈 상대로 평정심을 가질 수 있는 사람이 몇이나 있어?"

"그것도 그렇습니다."

르웰린의 말에 아서가 납득했다.

좀처럼 동요하지 않던 리히트마저도, 아렌트에게 된통 당한 뒤 점점 사람이 망가지고 있으니까.

동시에 한숨을 푹 내쉰 두 사람은 다시 걸음을 옮겼다.

짧은 침묵이 흐르다 르웰린이 다시 화두를 던졌다.

"폴라리스 장로님이 가지고 오셨다는 물건 말이야. 정체가 뭘까?"

"글쎄요, 어쩌면 또 다른 아티팩트일지도 모르겠습니다. 그런 게 어쩌다 드워프 상인들의 손에 들어갔는지도 의문이네요."

"그렇지, 그리고 드워프들이 과연 '어둠의 신'의 정체를 알고 있었는지도 문제야."

아서의 답에 르웰린이 애매하게 고개를 끄덕였다.

만약 드워프까지 엮이게 된다면 사태가 걷잡을 수 없이 커질 게 분명했다.

착잡한 마음에 두 사람은 잠시 입을 다물었다.

한참 뒤, 르웰린이 짐짓 경쾌하게 입을 열었다.

"지금 머리 굴려 봤자 답이 나올 리가 없지. 뭐, 나중에 당사자한테 직접 여쭤보는 것으로 해."

"그게 좋겠네요."

일단 지금 목도한 일이 더 중요했다.

그들은 곧 숲속의 고즈넉한 곳에 위치한 집에 도달했다.

다른 집들과 마찬가지로 네모반듯한 건물이었다.

앞에서 경비를 서던 전사들이 르웰린을 알아보고는 고개를 꾸벅 숙였다.

"르웰린 님, 여기까지는 어쩐 일로 오셨습니까?"

"안녕하세요! 헬리오 장로님을 만나 뵙고 싶어서요. 많이 다치셨다고 들었는데, 상태는 좀 어떠세요?"

르웰린이 붙임성 좋게 싱긋 웃으며 인사를 건넸다.

그의 밝은 목소리와는 정반대로, 엘프들은 저마다 시선을 교환하며 착잡한 듯 얼굴을 구겼다.

그것을 알아본 르웰린이 의아하게 물었다.

"왜 그래요? 무슨 일이라도 있어요? 아니면 장로님 상태가 많이 안 좋으세요? 대장로님께서는 순조롭게 회복 중이라고 말씀하셨는데……."

"그것이……."

엘프가 선뜻 대답하지 못하고 말끝을 흐렸다.

르웰린과 아서는 의아해지고 말았다.

서로 눈치를 살피던 엘프가 이내 무겁게 입을 열었다.

"장로님께서 지금 누군가를 만나 뵐 상태가 아니셔서요. 헛걸음하시게 되어 안타깝지만……."

"……어떠신데 그래요?"

심상찮음을 감지한 르웰린이 굳은 얼굴로 물었다.

하지만 엘프들은 침묵을 지킬 뿐이었다.

아서와 르웰린은 시선을 교환했다.

잠시 후.

"잠깐만요!"

"멈추십시오!"

두 사람은 엘프 전사들을 확 밀쳐 버리고 장로의 집으로 뛰어 들어갔다.

"당장 멈추라고 했습니다!"

엘프 호위들이 다급하게 외치며 두 사람을 붙잡으려 했지만, 결국 빈손으로 허공을 휘저을 뿐이었다.

르웰린이 앞장서서 문을 벌컥 열어젖혔다.
"장로님, 계세요? 갑작스럽게 실례합니다! 장로님!"
어두운 집 안에 대고 르웰린이 외쳤다.
하지만 돌아오는 대답은 없었다.
"……장로님?"
불길한 예감이 들었다.

* * *

예상했던 대로 사할린은 참 놀려 먹기 좋은 사람이었다.
급기야 사할린이 검을 내팽개치며 씩씩대기 시작하자 구경꾼들은 재미있어 죽겠다는 듯 박장대소를 터뜨렸다.
"야, 너 이 새끼, 진지하게 안 해?"
"제가 뭐요? 사할린 님이야말로 도발에 너무 쉽게 넘어오시는 거 아니에요?"
아렌트가 딱하다는 얼굴을 하며 끌끌 혀를 찼다.
"하긴, 이렇게 물 좋고 공기 좋은 곳에서 여유롭게 수련만 하셨을 테니…… 어쩔 수 없긴 하네요."
"그 이상한 마력은 또 뭐야? 가까이 갈 수가 없잖아!"
"이거요? 제 마력은 아니고, 전리품이요."
사할린이 분통을 터뜨리며 외치자 아렌트가 장갑 낀 손을 보란 듯이 펼쳐 보였다.

"얼빠진 놈들한테서 빼앗았는데, 꽤 쓸 만하죠?"
"대련에서 그런 걸 쓰는 게 어디 있어?"
"왜요? 인간 꼬맹이를 상대하시면서 이 정도도 못 봐주십니까? 전사가 그렇게 옹졸해서야. 정 그러시다면 활 쏘는 것도 허락해 드릴게요. 그렇게까지 해서 이겨 먹고 싶으시다면 어쩔 수 없네요."
"크아아악!"
본전도 못 찾은 사할린이 결국 머리를 쥐어뜯으며 발광하기 시작했다.
그러자 여기저기에서 엘프들이 웃음 섞인 참견을 던져댔다.
"부대장님! 꼬맹이 상대로 계속 쩔쩔매실 겁니까?"
"안개숲 친위대 체면 다 죽이지 마십쇼!"
"시끄러워! 아니면 너네가 상대해 보라고!"
사할린이 고함을 쳤지만 웃음소리는 더 커질 뿐이었다.
그 꼴을 보며 아렌트는 제 검을 어깨에 턱 걸쳤다.
'태평하네.'
사할린이야 단순해서 그렇다 친다만, 다른 엘프들 역시 딱히 긴장감이랄 게 보이지 않는 모습들이었다.
아무래도 이들에게서 더 얻을 만한 건 없어 보였다.
아렌트가 검을 거두고 그냥 돌아서려는 순간.
그때, 갑자기 누군가가 우당탕 연무장 한가운데로 뛰어

사람 말을 끝까지 들어야지 〈39〉

들었다.

"저! 저도 상대해 주세요!"

"응?"

아렌트가 의아하게 뒤를 돌아보았다.

지켜보던 이들 역시 갑작스러운 상황에 눈을 동그랗게 떴다.

이제 15살이 조금 넘었을까.

시튼과 비슷한 나이처럼 보이는 소년이 목검을 들고 연무장 한가운데에 서 있었다.

사할린이 어처구니없이 말했다.

"야, 네가 뭘 상대해? 어림도 없는 소릴."

"부대장님! 교관님이 말씀하셨습니다! 대련에서는 이기고 지는 것보다 배우는 것이 더 중요하다고요!"

하지만 소년은 물러서지 않고 똘똘하게 외쳤다.

주변을 살펴보니, 소년과 한패인 듯한 어린 엘프 서너 명이 삼삼오오 모여 이쪽을 지켜보고 있는 게 보였다.

아렌트는 피식 웃으며 다시 몸을 돌렸다.

"오냐, 어른의 쓴맛을 보여 주지."

"호락호락하지는 않을 겁니다."

목검을 꾹 쥔 채 소년이 호기롭게 외쳤다.

사할린 역시 불만스러운 표정을 하면서도 슬쩍 자리를 비켜 주었다.

바야흐로 2차전이 시작되었다.

* * *

알타이르의 집무실.

시종이 차를 가져다주고, 세 사람만 남은 방은 고요하기만 했다.

알타이르는 정돈된 얼굴로 라이오스를 가만히 마주 보았다.

"전에 말씀드렸다시피, 필요한 게 있으시다면 가감 없이 요청해 주시지요."

"아니요, 괜찮습니다."

라이오스가 단호하게 대답하자 알타이르가 의외라는 듯 물었다.

"어째서입니까?"

"제국에서 벌어진 일은 자체적으로 해결할 겁니다. 그럴 여력 역시 충분하다고 생각합니다. 배신자를 찾는다면 물론 즉시 전해드리겠습니다. 하지만 지원은 사양하겠습니다."

"어찌……."

알타이르는 정말로 아무것도 모르겠다는 얼굴이었다.

라이오스는 그를 마주 보며 담담하게 대답했다.

"대장로님을 믿을 수 없기 때문입니다."

"……."

대장로의 낯이 설핏 굳었다.

라이오스의 새파란 눈동자가 알타이르를 올곧게 바라보았다.

"제가 이리 말씀드리는 이유를 모르시지는 않으실 겁니다."

"……."

대장로는 대답하지 않았다.

라이오스의 차분한 음성이 집무실을 가득 채웠다.

"물론 종족을 위한 결단이심을 이해합니다. 하지만 엘프 종족만을 보전하는 것을 택하신 대가 역시 받아들이셔야 할 겁니다."

"대가라니요. 무슨 말씀을 하시는 겁니까?"

"유감스럽지만, 대장로님. 저와 제 동료들은 대장로님을 신뢰할 수 없다 판단했습니다. 까닭은 간단합니다. 대장로님이 저희를 먼저 의심하고 배척하셨으며, 엘프의 보전을 위해서 인간을 희생시키려 하신 탓입니다."

라이오스의 말이 이어질수록 알타이르의 얼굴이 딱딱하게 굳어졌다.

"……누가 그리 말했습니까? 제가 엘프를 위해 인간을 희생시키려 했다고."

"제 개인적 판단입니다. 만일 저희가 우연히 정령석을 발견하지 못했다면…… 아니, 엘프족의 배신자와 마주치지 않았다면 분명 결과는 그리되었을 거라, 저는 확신합니다."

라이오스의 목소리에는 한 치의 감정도 느껴지지 않았다.

그래서 더욱 차갑게 들렸다.

"제국을 지원해 주신다 말씀하셨지요. 저라면 다르게 표현했을 겁니다. 종족의 배신자가 칼리온 제국에 침투했다. 제국 내에서 어떤 문제를 일으킬지 알 수 없으니 빠른 수습이 필요하다. 그러니 지원을 부탁한다…… 라고."

"……."

"처음부터 그리 말씀하셨다면 결과는 달라졌을 겁니다. 제국 내의 민간인 피해자도 줄어들었을 것이며, 제 부하들이 아무런 정보도 없이 목숨을 걸고 그녀와 싸울 일도 없었겠지요."

지켜보던 리히트는 속으로 감탄을 흘렸다.

'아렌트가 날뛰기 전에는 단장님도 제법 과격하실 때가 있었지.'

평소에는 점잖은 그였지만, 한번 고집을 부리기 시작하면 결코 굽히지 않았다.

자신의 의지를 관철하기 위해 영향력 있는 귀족들과 대

립하다가 정치적으로 공격당한 적도 여러 번이었다.

지금은 아렌트가 온갖 사고를 치고 다니는 덕분에 매일 위장약을 찾아 대는 처지가 됐지만.

가만히 라이오스의 말을 듣고 있던 알타이르의 초록색 눈동자에 날이 섰다.

"그렇다면 제가 다른 선택을 했어야 했다는 말씀이십니까?"

"아니요, 거기까지 말씀드릴 권한은 제게 없습니다. 대장로님이 과오를 범하셨다 말씀드리는 것도 아닙니다."

그러나 라이오스는 여전히 침착했다.

"하지만 제 입장은 확실히 밝혀 두겠습니다. 황실 기사단은 위험을 떠안고 갈 정도로 여유 있지 않습니다. 대장로님께서 직접 나서지 않으시겠다면, 이쪽에서 독단적으로 움직일 수밖에 없습니다."

"……."

"더 나아가, 이후 문제가 생길 경우에…… 칼리온 제국은 엘프를 위해 피를 흘리지 않을 것입니다."

뭐라 더 말하려던 알타이르가 입술을 깨물었다.

찻잔을 집는 대장로의 손이 창백하게 질려 있었다.

라이오스가 쐐기를 박았다.

"엘프 왕국이 사악한 무리에 습격당해 불바다가 되더라도, 저희는 나서지 않을 겁니다. 믿을 수 없는 동료보다, 제 부하들의 목숨이 중요하니까요."

"……."

가만히 지켜보던 리히트는 들리지 않게 한숨을 내쉬었다.

'거짓말이 느셨군.'

정작 그런 상황이 생긴다면 라이오스는 누구보다도 먼저 지원을 나서겠다고 주장할 것이 분명했다.

그게 라이오스 드 윈프리드니까.

리히트는 알 수 있었다.

단장은 지금 대장로를 협박하는 게 아니라, 그런 사태가 되지 않도록 대장로의 마음을 돌리려고 설득하고 있는 거라고.

하지만 알타이르 대장로에게도 그렇게 들릴지는 미지수였다.

라이오스는 입을 다물고 가만히 알타이르의 대답을 기다렸다.

그리고 한참 뒤, 대장로가 얼굴을 쓸어내리며 깊은 한숨을 내쉬었다.

"하아아…… 비겁하십니다, 단장."

"예?"

뜬금없는 말에 라이오스가 살짝 미간을 찌푸렸다.

다시 드러난 대장로의 눈은 착잡함에 젖어 있었다.

"저를 탓할 생각이 없다 말씀하시면서, 견습 기사를 시켜 이 몸을 힐난하셨군요."

그렇게 말하는 알타이르 대장로의 얼굴은 그 누구보다도 진지했다.

하지만 그 말을 제대로 이해하지 못한 라이오스는 그만 바보같이 되묻고 말았다.

"……예?"

루체 신께 맹세컨대, 라이오스는 아렌트에게 뭔가 명령을 내린 적이 없었다.

오히려 그 반대의 경우라면 많았다.

"저를 그리 떠보시더니…… 이렇게 찾아와 주신 것은 최후통첩인 거군요. 잘 알겠습니다."

하지만 대장로는 뭔가 단단히 오해한 모양이었다.

대장로의 초록색 눈동자에 원망이 서린 것을 본 라이오스는 그만 말문이 막히고 말았다.

"그……."

또다시 루체 신께 맹세컨대, 라이오스는 아렌트가 대장로에게 무슨 말을 지껄였는지 몰랐다.

하지만 대장로는 그렇게 생각하지 않은 것 같았다.

"인정하겠습니다. 제가 몰염치했다는 것은 잘 압니다. 하지만 그게 뭐가 이상합니까? 저는 제 종족을 우선으로 건사해야 할 의무가 있습니다."

알타이르 대장로의 언성이 점점 높아졌다.

전혀 예상치 못한 전개였다.

"인간을 방패로 삼을 수 있다면 저 역시 기꺼이 그리했을 겁니다. 여러분은 악신이 얼마나 악랄한지 아직 잘 모르시기에 그렇게 말할 수 있는 겁니다."

책상 위에 올라간 대장로의 주먹에 핏발이 설 정도로 힘이 들어갔다.

"제 아버지는 엘프가 멸족하기 직전까지 간 것을 두 눈으로 보셨습니다. 종족을 보전하려 우리의 부모 형제가 모두 매달렸습니다."

서슬이 퍼렇게 선 초록색 눈동자에서는 그동안의 온화함은 전혀 찾아볼 수 없었다.

"그분들은 불행하게도 전부 세상을 등지게 되셨지만, 저는 아직 살아 있습니다. 저는 그분들의 유지를 이어야 한단 말입니다. 성검조차, 루체 신조차 나서지 않은 지금, 엘프들의 터전에 악신이 침범하지 못하도록 막는 것이 저의 최선입니다."

토하는 것처럼 말을 쏟아 내던 대장로는 문득 입을 꾹 다물었다.

자신이 지나치게 감정적이었다는 것을 이제야 자각한 것이다.

라이오스의 얼굴이 서늘하게 식었다.

"대장로님의 뜻은 그것입니까?"

"……예. 인간이 방패막이 노릇이라도 해 준다면 저는 제 종족의 피를 흘리는 것도 마다하지 않았겠으나, 신성 제국의 뜻은 그게 아닌 듯하군요."

한층 차분해진 음성으로 대장로가 쏘아붙였다.

"배신자를 찾아내는 것도, 일족을 지키는 것도 엘프들의 몫입니다. 여러분의 도움은 필요 없습니다. 일족의 배신자가 저지른 일은 금전으로 배상하겠습니다. 제국에서 발견될 나머지 정령석은 양도하도록 하지요."

짧은 침묵 후, 알타이르가 단호한 목소리로 말했다.

"인간은 믿지 못하겠습니다."

잠깐 조용히 대장로를 응시하던 라이오스가 다시 입을 열었다.

"……다른 엘프 왕국도 동의한 일입니까?"

"아직은 아니지만, 분명 그럴 것입니다. 조만간 전갈을 넣겠습니다."

대장로는 확신에 차 있었다.

더 이상의 협상은 불가능했다.

라이오스와 리히트는 착잡해졌다.

엘프가 정령석을 포기한다는 건, 그것을 돌려받기 위한 인간과의 외교도 포기하겠다는 말과 같았다.

알타이르가 쐐기를 놓았다.

"최대한 빠르게 돌아가 주십시오. 머무시는 동안 편히 계실 수 있도록 최선을 다하겠습니다."

"……알겠습니다."

이것으로 확실해졌다.

알타이르 대장로는 겁에 질려 있다.

더 이상의 협상은 불가능할 정도로.

이건 알타이르 대장로만의 일은 아닐 것이다.

나이 많은 장로들 대부분은 부모 세대가 악신교와의 전쟁의 여파로 처참한 나날을 보내는 것을 두 눈으로 직접 목격했을 테니까.

어쩌면 직접 피부로 겪었을지도 모를 일이었다.

알타이르 대장로는 첩자가 아니었다.

그리고 동시에, 지금 이대로라면 엘프는 결코 전장에서 등을 맡길 동료가 되지 못할 것이다.

리히트와 라이오스는 미련 없이 자리에서 몸을 일으켰다.

* * *

그날 저녁 무렵, 가장 늦게 숙소로 돌아온 사람은 아렌트였다.

그는 삼삼오오 모여 앉아서 한숨을 푹푹 내쉬는 일행들을 보고 인상을 찌푸렸다.

"뭐야? 왜 그래요?"

"대장로님이 거짓말하셨어."

"대장로님이 협력을……."

짧은 물음에 기다렸다는 듯 르웰린이 말을 쏟아 냈고, 그와 동시에 리히트가 심각한 얼굴로 입을 열었다가 다시 다물었다.

아렌트가 짜증을 냈다.

"뭐야? 차례대로 말해요."

"넌 지금껏 뭐 하다 왔는데?"

아서가 파리하게 질린 얼굴로 묻자 그가 천연덕스럽게 대꾸했다.

"어린애들이랑 놀다 왔는데요."

"……놀다가 왔다고? 패다 온 거 아니고?"

"그거나 그거나."

의심 가득한 르웰린의 물음에 아렌트는 어깨를 으쓱해 보였다.

"그래서, 왜들 그렇게 죽상이에요? 신분 순서대로 르웰린, 네가 먼저 말해. 대장로님이 우릴 속였다고?"

"하아…… 그래."

한숨을 푹 내쉰 르웰린이 착잡하게 얼굴을 쓸어내렸다.

"회복 중이라시던 헬리오 장로님 말인데, 거의 방치된 상태시더군."

"방치?"

아렌트가 되묻자 아서가 뒤를 받아 설명했다.

"상처는 어느 정도 회복하신 듯 보였지만…… 반쯤 정신을 놓으신 상태라고 해야 하나."

불 꺼진 방 안에서 헬리오 장로는 간병인도 없이 홀로 있었다.

집 안에서는 악취가 흘렀는데, 기르던 새가 굶어 죽은 상태로 부패한 탓이었다.

새의 사체만큼이나 창백한 얼굴로, 헬리오 장로는 그저 멍하니 침대에 누워 허공만 응시할 뿐이었다.

처참한 모습이었다.

르웰린이 괴롭게 덧붙였다.

"……부인은 지클린이 헬리오 장로님을 찌르고 도망친 후, 며칠 뒤에 자결하셨대. 헬리오 장로님은 혼수상태에서 깨어나신 직후에 그 사실을 아시고는 정신을 놓아 버리셨고."

딸에게는 배신당했고 부인을 잃었다.

헤일로 장로에게 하루아침에 닥친 일이었다.

그는 오랜 시간 동안 굶은 듯 뼈와 가죽밖에 남지 않은 상태였다.

아무도 그를 돌보지 않았다는 것을 금세 알 수 있었다.

"호위들의 말을 들어 보니까, 아무도 집 안에 접근하지 말라는 명령이 떨어졌대. 이따금 호위들이 먹을 걸 넣어 드렸는데, 그것도 거의 손을 안 대신 것 같더라."

가만히 듣던 아렌트의 눈썹이 꿈틀했다.

"……막장이네."

사람을 그렇게 처박아 두고도 대장로는 '순조롭게 회복 중' 따위의 말을 주워섬긴 것이다.

"단장님이랑 선배는요? 당연히 대장로님이 인간 따위는 못 믿겠다, 어쩌고 하셨겠지만."

"……어떻게 알았지?"

"방어 기제가 대단한 사람이니까요. 그리고 단장님이 어떤 식으로 말했을지도 뻔하고."

대장로가 꾹꾹 담아 둔 감정은 두려움과 분노였다.

그렇지 않아도 아렌트가 던진 염치없다는 말에 며칠 동안 고심에 빠졌을 그였다.

게다가 돌려 말할 줄 모르는 라이오스가 아픈 곳을 푹 푹 찔렀을 테니 결과는 안 봐도 뻔했다.

라이오스가 배신당한 사람처럼 허망한 표정을 지었다.

"설마 어차피 그럴 걸 예상하고……."

"당연하죠. 그럼 제가 설마 가서 단장님한테 하하 호호 협상이나 잘해 보라고 그랬을 것 같아요?"

어처구니없다는 듯 대꾸하는 아렌트에게 리히트가 급히 물었다.

"잠깐만. 대장로님은 뭔가 오해하신 것 같았다. 네가 단장님의 명령을 받고 뭔가 했다고 말씀하셨는데, 그건 어떻게 된 거지?"

"어떻게 되긴. 연달아서 일이 터지고 스스로 자괴감 들 만한 짓까지 한 와중에, 새파랗게 어린 애새끼한테 정확히 아픈 곳을 찔린 거죠."

아렌트는 늘 그렇듯 어깨를 으쓱해 보였다.

"이 와중에 그 애새끼의 상관이 나타나서 아픈 곳을 박박 긁으면 그리 생각하는 것도 이상한 일은 아니죠. 급한 마음에 외교 단절을 선언하는 것도 뭐, 극단적인 회피 성향이 할 법한 삽질이고."

"……."

결국 라이오스는 이용만 당했다는 뜻이었다.

멍하니 이야기를 듣던 르웰린이 급하게 자리에서 일어났다.

"잠, 잠깐만. 외교 단절이라니, 그게 무슨 소리야? 인간과 엘프의 교류를 끊겠다고? 미쳤어?"

이건 엄청난 사태였다.

그렇지 않아도 위태롭던 이종족과 인간 사이의 관계가 파탄이 나기 직전이라는 뜻이었으니까.

하지만 아렌트는 무섭도록 침착했다.

"침착해. 단지 2왕국 대장로님 개인의 의견일 뿐이야.

다른 왕국은 쉽게 동의하지 않을걸. 더군다나 악신이 다시 나타나기 시작한 이 시점에는."

"……너, 도대체 무슨 속셈이야?"

그를 멍하니 보던 르웰린이 황망하게 물었다.

아렌트는 그와 시선을 마주치며 천연덕스레 대답했다.

"같은 편은 많으면 많을수록 좋지. 하지만 그건 동료를 확실하게 믿을 수 있을 때의 이야기고. 지금의 엘프는, 정확히는 알타이르 대장로가 이끄는 엘프 2왕국에게는 등을 맡길 수 없어."

"……."

"이걸로 증명됐잖아. 대장로는 첩자가 아니지만, 믿을 만한 동료도 될 수 없어. 분명 잘못을 정정하실 기회가 몇 번이나 있었지만 그러지 않으셨으니."

조용해진 숙소에 아렌트의 목소리가 선명히 새겨졌다.

"평화로운 시대야 좋은 통치자로 남을 수 있었겠지만…… 지금 같은 상황에 제대로 된 판단을 내릴 수 있는 사람은 아니야."

알타이르는 앞으로 이어질 무대에 방해 요소였다.

일동은 모두 입을 다물었다.

물론 아렌트의 말에 틀린 바는 없었다.

그렇다고 해서 선뜻 고개를 끄덕이는 것도 힘들었다.

무려 타국의, 심지어 이종족의 지도자를 갈아 치우겠다

는 선언이었다.

그런 무시무시한 말을 입에 담은 아렌트는 당연히 그래야 한다는 듯이 무덤덤하기만 했다.

지독하게 침착한 어조는 한겨울의 밤하늘보다도 더 차가웠고, 한편으로는 섬뜩하기까지 했다.

르웰린이 그를 노려보며 내뱉었다.

"왜. 암살이라도 하게?"

매섭게 따져 묻는 어조가 르웰린답지 않게 까칠했다.

평소 알타이르 대장로와 가깝게 지낸 만큼, 이제야 드러난 대장로의 민낯에 느끼는 배신감이 큰 듯했다.

아렌트는 당장 대답하는 대신 무표정하게 그를 바라보았다.

불편한 침묵이 흐르던 그때.

똑똑.

누군가가 숙소의 문을 두드렸다.

"오, 왔나 보군."

아렌트가 고개를 들었다.

아서가 의아하게 물었다.

"뭐야? 누군데?"

"심부름꾼들이요."

아렌트는 직접 가서 문을 열어 주었다.

그러자 실비안과 자카르가 쏟아지듯이 우당탕 안으로

들어왔다.

"……?"

일행은 영문을 몰라 두 사람을 황망히 바라보았다.

황급히 문을 걸어 잠근 실비안이 창백하게 질린 얼굴로 몇 번이고 외쳤다.

"죄송, 죄송합니다, 폴라리스 장로님! 정말로 어쩔 수 없었습니다!"

"죄는 달게 받겠습니다, 아버지!"

심지어는 자카르마저 식은땀을 뻘뻘 흘리며 어깨에 둘러멘 자루를 아주 조심스럽게 바닥에 내려놓았다.

"우! 읍! 읍!"

자루 안에서 입이 틀어막힌 누군가의 비명이 들려왔다.

기사들은 그만 넋을 잃어버리고 말았다.

그건 르웰린 역시 마찬가지였다.

"잠깐만요, 자카르 님. 방금 아버지라고……?"

"아버지, 죄송합니다. 곧 풀어드릴 테니 잠시만 기다리세요!"

르웰린이 제 귀를 의심하며 묻자 자카르가 다급하게 외치며 답을 내주었다.

어처구니가 없었다.

그들은 황당함과 경악, 기함, 셋 중 어떤 것을 표현해야 할지 미처 감을 잡지 못했다.

사정없이 흔들리는 동공들이 자연스레 아렌트에게 모였다.

라이오스가 애써 움직이지 않으려는 입을 달싹였다.

"아렌트, 너 설마……."

그러고 보니 아렌트가 자카르에게 뭔가 지시를 내렸다.

하지만 그 내용을 들은 사람은 아무도 없었다.

"설마……!"

이 미친놈은, 아들에게 아버지를 납치해 오라 시킨 것이다.

가공할 만한 패륜 현장이었다.

아렌트가 담백하게 말했다.

"사람 말은 끝까지 들어야지. 누가 암살 따위를 한대? 아직 첩자도 못 찾아낸 마당에 대장로님을 어떻게 해 봤자 아무런 소용도 없어."

입을 쩍 벌린 채 얼어 버린 일행을 돌아보며 아렌트가 피식 웃었다.

한쪽에서는 여전히 실비안과 자카르가 몸부림치는 자루와 실랑이를 벌이고 있었다.

"내가 처음부터 말했잖아. 재미있는 걸 해 보자고."

비극에나 어울릴 만한 서사를 극에 올리는 건 애초부터 고려 사항이 아니었다.

"암살? 그런 것보다 열받아 돌아가실 정도로 괴롭히면서 스스로 잘못했다고 싹싹 빌게 만드는 게 더 이득 아니겠어?"

"……."

"좋은 방향으로 해결해야지. 서로 이득을 볼 수 있는 방향으로."

아렌트의 입가에 사악한 미소가 감돌았다.

그것을 봐 버린 이들의 눈에서 차차 생기가 빠져나갔다.

새삼 말하기도 입 아프지만, 진짜 가공할 만한 성질머리였다.

날강도 같아도 어쩔 수 없어요

"자카르, 실비안! 이게…… 이게 도대체 무슨 짓이냐!"

자루에서 쏟아진 자세 그대로 바닥에 엎어진 폴라리스 장로가 황망하게 외쳤다.

그 곁에 차마 고개를 들지 못하는 실비안과 자카르가 있었다.

힐난의 시선이 실비안과 자카르에게 쏟아졌다.

르웰린이 어처구니없이 물었다.

"아니, 두 분은 그걸 시킨다고 또 해요? 도대체 저 자식이 뭐라고 지껄였는데요?"

"대장로님께 맡겨 두면 악신교 이전에 인간과 엘프 간의 전쟁이 터질 테니…… 폴라리스 장로님의 의견이 반드시 필요하다고……."

자카르가 그의 시선을 피하며 변명처럼 말했다.

아렌트는 대장로가 그렇게 나올 거란 사실을 이미 짐작하고서, 그걸 빌미로 자카르와 실비안을 협박해 둔 거였다.

오랜만에 위장이 쑤셔 오는 느낌에 라이오스가 명치를 틀어쥐었다.

그러는 사이, 자카르의 말을 들은 폴라리스 장로가 펄쩍 뛰어오르듯 똑바로 섰다.

"그, 그게 무슨 소리냐! 인간과 엘프의 전쟁이라니!"

"안녕하세요, 폴라리스 장로님. 연회 자리에서 뵈었지요?"

그의 앞에 선 아렌트가 불량한 자세로 고개를 숙였다.

폴라리스 장로가 얼떨떨하게 물었다.

"아렌트 경?"

"넵, 아렌트입니다. 방금 들으신 대로, 대장로님께서 인간과의 교류를 완전히 끊겠다 선언하셨거든요. 그래서 장로님의 의견이 좀 필요합니다."

연회 자리에서 공손히 술을 받아 마시던 모습과는 판이하게 달랐다.

혼란에 찬 폴라리스 장로의 눈동자가 사정없이 떨렸다.

"아니, 아니…… 그게 사실인가? 아니, 잠깐. 그 전에 자네, 진짜 아렌트 경인가?"

"그럼 가짜 아렌트 경도 있습니까?"

"……."

폴라리스 장로가 입을 뻐끔거렸다.

허공을 헤매는 시선을 보아하니 차마 무슨 말을 해야 할지 판단이 서지 않는 것 같았다.

한참의 침묵 후.

장로의 입에서 결국 날것 그대로의 목소리가 흘러나오고 말았다.

"이 사람이 미쳤나……."

"장로님은 대장로님의 의견에 동의하지 않으시는 거예요?"

이상함을 느낀 르웰린이 캐물었다.

그러자 폴라리스 장로가 기함을 터뜨렸다.

"동의하고 말고의 문제가 아닙니다! 다른 것은 다 차치하더라도, 정령석을 포기하는 것은 말도 안 되는 일입니다. 감히 그걸 넘겨주니 마니 하다니……!"

리히트가 침음을 흘렸다.

"역시 장로님들과는 상의가 되지 않은 문제였군요."

"대장로님이 충동적으로 하신 말씀이실 테니까요. 어쨌든, 폴라리스 장로님. 어쩌실래요? 상황이 그렇게 됐는데."

어깨를 으쓱해 보인 아렌트가 폴라리스에게 시선을 주었다.

"현실적으로 지클린을 찾아내는 건 엘프들만의 힘만으로는 불가능한 일이에요. 그동안 그놈은 제국에서 끝도 없이 활개 칠 테고, 피해는 점점 커질 겁니다."

"……."

"결국 대장로님의 속내는 이거잖아요. 귀찮고 위험한 일은 인간한테 전부 떠맡기고, 본인은 아늑한 엘프 왕국에서 구경이나 하시겠다는 거."

조목조목 쏟아지는 말에 폴라리스 대장로의 눈에서도 점차 영혼이 빠져나갔다.

아렌트가 마지막으로 못을 박았다.

"몰랐다면 이야기가 달라졌지만, 대장로님 속이 너무 뻔히 보이잖아요. 모르는 게 이상할 정도로. 이 결과를 다른 엘프들이 다 책임지실 수 있습니까?"

"……."

폴라리스 장로는 망연히 허공을 보았다.

그의 입이 몇 번 열리고 닫히기를 반복했다.

뭐라 더 말하고 싶지만 차마 목소리가 나오지 않는다는 몸짓이었다.

잠시 후, 결국 그가 깊은 한숨을 토해 내며 어깨를 늘어뜨렸다.

포기했다는 뜻이었다.

"……뭐가 궁금하지?"

대장로가 멍청하게도 제 속내를 모두 드러내 버렸으니, 누군가는 그것을 수습해야 한다는 사실을 깨달은 것이다.

제국과 엘프의 관계가 끝장나는 것만은 막아야 하니까.

"좋아요."

아렌트가 만족스레 고개를 끄덕였다.

"자카르 님한테 들었는데요. 옛날에 바깥에서 드워프 상인한테 물건을 넘겨받으셨다면서요? 일단 그게 뭔지부터가 궁금한데요."

"……진짜 거침없군, 아렌트 경."

폴라리스 장로가 어처구니없다는 듯 중얼거렸다.

하지만 곧 순순히 답을 내주었다.

"오래전의 일이다. 아마 드워프들은 아무것도 몰랐을 테지. 어둠의 신이라 불리는 고대의 신의 물건이라면서 내게 그걸 가지고 왔더군."

"드워프들은 어둠의 신이 악신이라는 걸 몰라요?"

"엘프 장로들은 부모 형제에게서 전해 들은 이야기를 기억하고 있다만, 드워프는 인간과 수명이 비슷하니 모르는 게 당연할지도."

체념한 폴라리스 장로가 고개를 끄덕였다.

"엘프 내에서도 잘 알려진 사실은 아니다. 하지만 나이 많은 장로들은 대부분 알고 있지."

"그럼 악신에 관한 걸 제대로 아는 건 장로님들뿐이고요?"

"지금까지는 그랬다. 하지만 이제는 아니야."

지클린을 추격하며 그들은 악신의 존재를 전사들에게도 알릴 수밖에 없었다.

아렌트가 살짝 인상을 썼다.

"다른 엘프들에게도 알리셨습니까? 그런 것치고는 다들 태평하던데요."

"그 애들은…… 후우, 사태의 심각성을 잘 모르니까. 자신들이 얼마나 나약한지, 악신이 얼마나 강대한 적인지 자각하지 못하고 있지. 겁에 질리는 것보다는 그게 차라리 낫다고 판단했다."

"그러시겠죠. 그렇게 아무것도 모르는 상태로 다 뒈지겠지."

곧장 돌아온 뾰족한 대답에 폴라리스 장로는 다시 입을 다물었다.

짧게 한숨을 내쉰 라이오스는 이제 퍽 익숙하게 아렌트의 뒷덜미를 잡고 뒤로 끌어내 버렸다.

"그 물건 이야기를 계속해 주십시오."

"예? 예, 그것은…… 그러니까."

난데없는 폭언에 다시 정신 빠진 표정을 하던 폴라리스가 얼떨떨하게 고개를 끄덕였다.

"보석이 박힌 한 권의 책이었습니다. 보석 아래에 고대어로 짧은 기도문이 새겨져 있더군요. 어둠의 신이 그대를 안온하게 보살피리…… 잠깐."

말을 잇던 폴라리스 장로는 뭔가가 이상하다는 걸 깨닫고는 의아하게 눈을 끔뻑였다.

"왜 그러십니까?"

응접실에 있던 모두가 눈을 휘둥그레 뜨고서 얼어붙어 있었다.

가장 먼저 정신을 차린 르웰린이 폴라리스 장로에게 달려들었다.

"……책? 책이라고요? 어둠의 신의 책? 거기에 보석이 달려 있었어요?"

난데없이 어깨를 붙잡힌 폴라리스 장로가 당황해 고개를 끄덕였다.

"예, 예! 그렇습니다만, 무슨 문제라도 있습니까?"

"허……."

르웰린은 허탈한 탄식을 터뜨리며 그를 놓아주었다.

아서가 넋이 나가 중얼거렸다.

"이게 이렇게 된다고?"

심지어는 좀처럼 동요하는 법이 없는 아렌트조차 잠깐 할 말을 잃은 듯 멍한 낯이었다.

퍼뜩 정신을 차린 아렌트가 따져 물었다.

"그 책, 칼리온 제국에서 발견됐다고 하지 않았어요?"

"분명 그랬지. 드워프 상인들이 신성제국에서 우연히 찾아냈다고 했으니까."

"이야……"

어쩐지 이상하다고 했다.

어쩐지 그간 미친 듯이 찾아 헤매도 나오지 않더라니.

일찌감치 엘프 왕국 쪽으로 넘어와 버린 것이다.

그렇다면 그 잘난 드래곤이 찾지 못한 것도 이상한 일은 아니었다.

라이오스가 다급하게 물었다.

"그 책은 어디에 있습니까? 혹여 파괴하시진 않으셨습니까?"

"대장로님의 금고에 있을 겁니다. 그걸 손에 넣은 뒤 바로 대장로님께 바쳤으니까요. 사실 파괴하려고도 해봤지만, 찢어지지도 않고 불에 타지도 않았습니다."

어리둥절한 눈을 하면서도 폴라리스 장로는 답을 내주었다.

맥이 탁 풀린 르웰린은 소파에 주저앉고 말았다.

"하아아…… 내 그간의 노력이……."

"아직 그게 우리가 찾던 물건이 맞다곤 확신할 수 없습니다."

"확률이 매우 높아 보이긴 한데 말이죠."

리히트가 르웰린을 위로하듯 하는 말에 아서가 종알거렸다.

펵.

결국 아서는 리히트에게 뒤통수를 한 대 맞고 나서야 조용해졌다.

아렌트가 다시 나서서 물었다.

"내용은요?"

"읽을 수 없었다. 겉면에는 아까 말한 대로 고대어 기도문이 적혀 있었지만, 본문은 처음 보는 문자로 새겨져 있었으니까."

이것으로 거의 확실해졌다.

제국의 마정석 광산에서도 읽을 수 없는 문자가 새겨진 책들이 대량으로 발견되었다.

슈타들러 백작은 그게 드래곤의 언어인 '용언'으로 작성되었다고 말했다.

'만약 폴라리스 장로가 찾은 그 책도 용언으로 쓰인 것이라면……'

렉시온이 찾아서 눈앞에 갖다 바치라고 한 그 책일 가능성이 아주 컸다.

잠깐 생각하던 아렌트가 침착하게 내뱉었다.

"목표가 하나 더 생겼네요."

"무슨 말인가?"

"그 책도 우리가 회수하겠습니다. 날강도 같아도 어쩔 수 없어요. 그냥 업보라고 생각하시죠."

"뭐, 뭐라? 내 말 듣지 못했나? 그건 대장로님께서 가지고 있다니까?"

폴라리스 장로가 기겁했다.

하지만 이미 일행의 귀에는 그의 목소리가 들리지 않았다.

아렌트는 눈을 치뜨고 불량하기 그지없게 말했다.

"그래서요? 뭐 문제라도?"

"……."

"염치없는 짓 하셨다면서요. 그럼 갚으셔야지."

단 한마디로 폴라리스 장로의 입을 다물게 만든 아렌트가 화제를 돌렸다.

"일단 책은 나중에 확인하죠. 지금 그것보다 급한 문제가 있잖아요."

"아직 첩자 문제가 해결되지 않았지."

르웰린이 인상을 구기며 고개를 끄덕였다.

지금 이 자리에는 가장 유력한 용의자였던 폴라리스 장로가 있었다.

하지만 지금 상태를 보아하니, 그를 당장 첩자로 몰 수는 없을 것 같았다.

아서가 쯧 혀를 찼다.

"결국 원점인가?"

"아니요, 이제 시작인 거죠."

짐짓 경쾌한 목소리가 간단히 그의 말을 부정했다.

아렌트였다.

그는 동료들을 돌아보며 씨익 장난스레 미소를 지었다.

"우리가 직접 찾아다니는 것도 성가시니, 저쪽에서 찾아오게 만들어 보자고요."

"뭔가 단서라도 잡은 거야?"

"당연하지."

르웰린이 묻는 말에 아렌트가 어깨를 으쓱했다.

"대장로님과 폴라리스 장로님이 아니라는 건 대충 확실해진 것 같고. 사실 헤일로 장로님도 용의선상에 있었지만……."

"지금 그분 상태로는 불가능해."

"맞아요."

아서가 말을 받자 아렌트가 고개를 끄덕였다.

"물론 아티팩트의 영향을 받았을 가능성도 있지만, 엘프 왕국 특성상 그럴 확률은 적을 것 같으니 일단 논외로 쳐 두자고요."

헤일로 장로는 평생을 엘프 왕국 근처에서만 산 사람이었다.

지클린과 접점이 가장 많았다는 이유로 용의선상에 올

랐지만, 지금 상황으로 봐서는 오히려 마른하늘에 날벼락을 맞은 피해자일 가능성이 컸다.

아서가 살며시 미간을 찌푸렸다.

"다른 엘프 장로님들은 악신교에 강한 반감을 가지고 계신 눈치고. 그렇다면 장로진 외의 엘프를 용의자로 생각해야 하나…… 그러면 범위가 너무 넓어지잖아."

"또 그렇지만도 않아요. 실비안 대장님."

갑자기 이름이 불린 실비안이 흠칫했다.

"왜 그러지?"

"꼬맹이들한테 들었는데요. 진이 대장님을 많이 따랐다면서요?"

아렌트의 물음에 실비안의 표정이 눈에 띄게 흐려졌다.

"……그랬다만."

"그건 갑자기 왜 묻는 거지?"

자카르가 다소 날카롭게 묻자 아렌트가 그에게 한심하다는 시선을 보냈다.

"과보호하시긴. 딱히 실비안 대장님을 책망하거나 의심하는 건 아니에요. 저 맹한 사람이 무슨 간자 노릇을 한다고."

"……."

의심하지 않는다니 그건 참 다행이었지만, 어쩐지 착잡해진 그녀였다.

실비안이 묘한 표정을 지었지만 아렌트는 아랑곳하지 않고 다음 질문을 던졌다.

"하나 더. 평소에도 꼬맹이들이 잘 따르는 편이에요?"

"……아니."

"그러면 진, 아니지. 지클린이 대장님을 따르기 시작한 건 언제부터였어요?"

예상치 못한 질문에 의아해하면서도 실비안은 고분고분 대답했다.

"글쎄, 그러고 보니 안개숲 친위대의 대장에 임명된 직후부터였던 듯한데…… 아."

거기까지 말한 실비안은 문득 입을 다물었다.

뒤에 무슨 말이 이어질지 짐작한 탓이었다.

잠자코 있던 리히트가 나섰다.

"목적이 있어서 실비안 대장님을 따르는 척했다, 이런 뜻인가?"

"그럴 가능성이 농후하죠."

"……하지만 날 따른다 해서 얻을 게 뭐가 있다고?"

멍하니 있던 실비안이 묻자 라이오스에게서 대답이 돌아왔다.

"친위대의 순찰 시간이나 경로, 호위 일정, 실비안 대장의 동선이나 생활 습관 등등, 알아낼 수 있는 것은 수도 없습니다. 그것 하나하나가 모두 적에게 노출되어서는 안 되는 치명적인 요소들입니다. 그 무렵 지클린은 어린아이였을 테니 대장께서도 그리 경계하지 않으셨을 테고요."

"……."

실비안은 아무런 말도 하지 못했다.

엘프들이 납득한 듯 보이자 아렌트가 다시 말을 이었다.

"어쨌든, 이 추측이 맞다고 가정해 보자고요. 그러면 그 시점부터 지클린은 이미 악신교와 접점이 있었다는 뜻이 되잖아요. 이걸로 용의자를 한 번 좁힐 수 있어요."

"그 무렵에 진과 접점이 있고, 그중에서도 왕국 외부 출입이 잦았던 사람?"

르웰린의 말에 아렌트가 고개를 끄덕였다.

"그렇지. 누가 있어요?"

"……교육 담당이던 몇과 지클린의 양친."

잠깐 침묵하던 자카르가 답을 내주었다.

"헤일로 장로님은 일단 제외하고. 부인께서도 평생을 엘프 왕국 내부에서만 살던 분이셨다. 그러니 두 분은 아니겠지."

"맞아요, 아까 말했듯이 두 분은 빼요. 그렇다면 남는 건 교육 담당 엘프들과 지클린의 이웃들이에요. 그리고 그중 100년 이내에 외부와 접촉이 있었던 사람. 이러면 용의자가 대폭 줄어들죠."

아렌트의 말대로였다.

잠깐 생각하던 자카르가 다시 입을 열었다.

"바로 생각나는 건 네 명 정도군. 도대체 언제 거기까지 헤집어 본 거지?"

"저도 놀고만 있었던 건 아니라고요."

천연덕스레 대꾸하는 아렌트에게 조용한 힐난의 시선이 모였다.

아서가 모두를 대표해서 빈정거렸다.

"그래, 바쁘셨겠지. 술독에 빠진 와중에 대장로님 속 긁으랴, 교관님한테 시비 걸고 사할린 님 괴롭히고……."

"아주 보람찼죠."

하지만 씨알도 먹힐 리 없었다.

뻔뻔하게 대답한 아렌트가 화제를 돌렸다.

"일단 여기까지 해 두죠. 해 뜨자마자 바쁘게 움직여야 해요."

"의심스러운 이들을 잡아서 문초하나?"

실비안이 가장 먼저 생각한 방법을 떠올렸다.

하지만 기사들은 거기에 찬성할 수 없었다.

라이오스가 대표로 대답했다.

"악신교 놈들은 문초 정도로는 결코 입을 열지 않습니다. 차라리 자결을 선택할 놈들입니다. 그리고 기억 소거 아티팩트의 영향을 받은 상태일지도 모르고요. 그렇다면 체포당하는 순간, 자신이 악신을 따랐다는 사실조차 잊어버리게 될 것입니다."

그리고 영문도 모르는 채로 감옥에 갇혀 자신은 억울하다며 부르짖는 모양새가 될 것이다.

그래서는 의미가 없었다.

아렌트가 고개를 끄덕이며 덧붙였다.

"그러니까 좀 더 수작을 부려야죠."

견습 기사의 금색 눈동자가 응접실 내의 이들을 찬찬히 훑어보았다.

그 불길한 시선에 일동은 저도 모르게 흠칫하고 말았다.

심지어 폴라리스 장로마저도 불길함에 슬쩍 한 걸음 뒤로 물러섰다.

"오늘 일은 함구할 테니, 나는 이만……."

"어딜 가시려고요, 장로님. 이대로 귀가하시면 귀여운 아드님이 어떤 수모를 당할지 모르는데요? 그리고 이 사태에 폴라리스 장로님의 책임도 어느 정도 있는 거 아시잖아요."

하지만 아렌트에게서 벗어나는 것은 불가능했다.

결국 폴라리스 장로는 단념하고서 걸음을 제자리로 돌려놓고 한숨을 푹푹 내쉬었다.

1막에서는 대장로의 가면을 벗겼으니, 이제 2막이 시

작할 차례였다.
 주요 등장인물은 기사들과 르웰린, 그리고 엘프 셋.
 이 정도면 제법 훌륭한 캐스팅이었다.

* * *

 다음 날, 조용하던 엘프 2왕국에 소동이 벌어졌다.
 폴라리스 장로가 오랫동안 은거하던 헤일로 장로의 집에 쳐들어간 것이다.
 폴라리스 장로는 오랫동안 유폐되었던 헤일로 장로를 햇빛 아래로 끌고 나왔다.
 호위들이 달라붙어 말려 보았지만 소용없었다.
 "잠깐만요, 장로님! 안 됩니다! 헤일로 장로님은 안정을 취하셔야 합니다!"
 "자네들 눈에는 이게 지금 안정을 취하는 것으로 보이는가! 우리 집에서 돌볼 테니 썩 꺼지게!"
 머리 위로 떨어진 불호령에 전사들이 찔끔하며 물러섰다.
 호위들을 물리친 폴라리스 장로는 헤일로 장로를 둘러업고 자신의 집으로 데려갔다.
 대낮부터 벌어진 소동이었다.
 헤일로 장로를 업은 폴라리스 장로가 호위들에게 바락

바락 고함을 치며 대로를 가로질렀다는 소문이 순식간에 퍼졌다.

더불어 회복 중이라던 헤일로 장로가 반신불수가 되어 넋을 잃었다더라, 하는 이야기가 번지기 시작했다.

심지어는 소동이 벌어지는 와중에 헤일로 장로의 집을 슬쩍 들여다본 누군가가 장로가 아끼던 새의 시체를 발견하기까지 했다.

젊은 엘프들 사이에서 순식간에 여론이 둘로 나누어졌다.

"순조롭게 회복 중이라고 하시더니…… 이럴 줄 알았으면 찾아뵙기라도 했을 텐데!"

"배신자의 아버지인데, 치료해 드린 것만으로도 감사히 여기셔야 하는 것 아닙니까?"

"장로님은 피해자일 뿐이라고! 네가 장로님 꼴을 봤어? 비쩍 마르셔서는, 얼마나 마음고생이 심하셨으면……."

"그럼 배신자를 잘못 키운 죄는 어떻게 치러야 하는데?"

"너, 말 다했냐? 헤일로 장로님이 지금껏 너한테 얼마나 잘해 주셨는데!"

결국 분위기는 싸움이 벌어지기 직전으로 치달았다.

이미 상황을 알고 있던 몇몇 엘프들은 혹시나 자신에게 불똥이 튈까 봐 입을 꾹 다물고 있을 뿐이었다.

자카르와 실비안이 나서서 그들을 해산시키지 않았다면 분명 이곳저곳에서 주먹다짐이 벌어졌을 터였다.

그리고 꼬맹이들에게 그 소식을 전해 들은 아렌트는 이렇게 평했다.

"웃기고 자빠졌네. 한 명이라도 들여다봤으면 그 지경까지 안 갔을 텐데, 누가 누구 탓을 해?"

"우리 형도 장로님을 봤대. 완전 넋이 나가셨다던데?"

"지금 폴라리스 장로님 댁 앞이 난리라더라."

엘프 아이들이 옆에서 또 종알거렸다.

아렌트는 아이들이 가져온 간식거리를 하나 집어 들고 말했다.

"뭐, 폴라리스 장로님도 큰 결심 하셨네. 대장로님의 명령을 거역한 거잖아, 폴라리스 장로님은."

"어? 그게 그렇게 돼?"

"그럼, 대장로님이 헤일로 장로님 댁에 아무도 접근하지 말라고 하셨다면서. 명령 불복종은 엄청난 죄인 거 몰라? 하긴 너네는 어리니 모르겠다."

엘프 소년이 눈을 휘둥그레 뜨고 묻자 아렌트는 손을 휘휘 내저어 주었다.

발끈한 소년이 벌떡 일어나며 외쳤다.

"애 취급하지 마. 우리가 아렌트 경보다 훨씬 오래 살았어!"

"시끄러워. 사회적 지위로 보든, 싸움 실력으로 보든 내가 훨씬 위야. 억울하면 한 번이라도 이겨 보든가."

"이이익……!"

아렌트가 들고 있는 간식도 어제의 승부에서 진 값으로 아이들이 가져다 바친 거였다.

분해서 부들부들 떠는 아이들 앞에서 보란 듯 과자를 입에 던져 넣던 아렌트가 문득 생각났다는 듯 말했다.

"아 참, 또 덤빌 사람은 미리미리 말해. 3일 안에 떠날 예정이라서."

"뭐?"

삼삼오오 모여 있던 아이들이 눈을 휘둥그레 떴다.

"왜? 왜 벌써 떠나는데? 며칠 안 머물렀잖아!"

"대장로님이 우리 단장님한테 빨리 떠나라고 하셨다던데? 뭐 난 일개 견습 기사일 뿐이니, 뭐가 어떻게 된 일인지 잘 모르겠지만."

"대장로님한테 무슨 잘못이라도 저질렀어?"

아이들이 새된 목소리로 비명을 질렀다.

"나는 잘 모른다니까. 근데 왜 그러시는지 대강 짐작은 되지."

"뭔데? 뭐 때문인데?"

곧바로 질문이 속사포처럼 날아들었다.

아렌트는 과자를 하나 더 집어 들고는 지나가는 말처럼

대답했다.

"어제 르웰린 님이랑 우리 선배 한 명이 헤일로 장로님 병문안을 갔거든. 돌아온 뒤에 장로님이 많이 아파 보이셔서 걱정된다고, 르웰린 님이 폴라리스 장로님께 좀 살펴봐 달라고 부탁하셨대."

"뭐? 진짜?"

새빨간 거짓말이었지만 아렌트는 자연스레 고개를 끄덕였다.

"아, 이건 비밀이야. 여하튼 아마 오늘 폴라리스 장로님이 갑자기 헤일로 장로님을 찾아뵌 건 그것 때문일걸. 그런데 생각보다 상태가 안 좋으신 걸 보고는 크게 노하신 거겠지."

이것도 거짓말이었다.

폴라리스가 움직인 건 그런 측은지심 때문이 아니라, 지난밤 아들의 손에 납치당한 데 이어 협박까지 당한 탓이었으니까.

하지만 어린아이들이 그런 사정을 알 리 없었다.

"그러셨구나…… 그래서 대장로님이 화나신 거라고?"

"그렇지? 르웰린 님이랑 우리 선배, 그리고 폴라리스 장로님까지 무려 세 명이 대장로님의 명령을 어겼으니."

"근데 헤일로 장로님이 엄청 아프시다면서. 그럼 당연히 모시고 나와야 하는 거 아냐?"

아이들 사이에서 자연스럽게 어른들이 하는 논쟁이 시작되려 했다.

가만히 지켜보던 아렌트가 불쑥 끼어들었다.

"그것도 있는데…… 사실 다른 이유도 있어."

"뭐?"

자연스레 꼬맹이들의 시선이 모여들자, 아렌트는 상체를 살짝 숙이고 목소리를 낮췄다.

"우리가 왜 왕국까지 찾아왔는지 알아?"

"응? 지클린이 훔쳐 간 정령석을 돌려주러 온 거 아냐?"

"그것도 그런데, 엘프 왕국 바깥에서는 더 큰일이 있었거든. 아무래도 대장로님은 그것 때문에 불안하신 것 같더라고."

거기까지 이야기한 아렌트가 늘 반장갑을 끼고 다니는 손을 슬쩍 들어 보였다.

"이거, 신기하다고 했지?"

어린 엘프들이 눈을 반짝이기 시작했다.

얼음 마법을 사용할 수 있는 마법의 장갑.

안개숲 친위대의 부대장까지 쩔쩔매게 만드는 그 물건은 아이들의 호기심을 동하게 만들기 충분했다.

동시에 타고난 이야기꾼이 허풍을 섞어 떠들어 대기에 둘도 없는 소재이기도 했다.

아렌트는 시큰둥하던 얼굴에 슬쩍 미소를 머금었다.

"너희, 내가 이걸 어떻게 얻었는지 궁금하다고 했잖아."

그리고 그날.

헤일로 장로의 소식과 더불어, 악신교와 용감히 맞서 싸운 인간 기사 라이오스 드 윈프리드의 화려한 모험담이 엘프들의 입에 밤새도록 오르내렸다.

더불어 르웰린이 데려온 인간 기사들과 대장로의 사이가 틀어졌다는 이야기 역시 발 빠르게 알려졌다.

알타이르 장로가 기어코 숨기고 싶어 했던 것들이 단 몇 시간 만에 모조리 까발려진 것이다.

* * *

다음 날 아침.

급하게 장로 회의가 소집되었다.

일찌감치 집합하긴 했지만, 회당에 모인 장로들은 누구도 먼저 입을 열지 못했다.

사태의 중심에 놓인 폴라리스 장로와 대장로가 아무런 말도 꺼내지 않는 탓이었다.

질식할 것 같은 무거운 침묵 속에서, 결국 멜레프 장로가 먼저 운을 뗐다.

"폴라리스 장로님, 이 사태는 도대체……."

"저보다는 대장로님께 여쭈시는 것이 나을 겁니다."

하지만 기대했던 설명 대신 서슬 퍼런 대답만이 돌아왔다.

폴라리스 장로는 들어온 순간부터 지금까지 대장로만을 노려보고 있었다.

멜레프가 다시 입을 다물어 버린 뒤, 드디어 폴라리스가 알타이르를 향해 한마디 뱉었다.

"지금껏 모르는 척하던 제가 말하기 우스운 일이라는 것은 잘 압니다. 하지만 대장로님, 장로들과 논의 정도는 한 번이라도 하셨어야만 했습니다."

"……어떤 논의를 말씀하십니까?"

"지금 사태 전부 말입니다."

묵묵히 있던 알타이르가 짧게 묻자 폴라리스가 차갑게 대답했다.

"헤일로 장로님의 일은, 예, 솔직히 그리되실 줄 알고 있었습니다. 일찍이 들여다볼 생각조차 하지 못한 것도 사실입니다. 사태는 아무것도 정리되지 않았으니까요."

장로들 사이에서 머쓱한 헛기침이 터졌다.

악신교로 넘어간 배신자의 부친과 접촉했다간 어떤 곤란한 지경에 처할지 모른다.

그렇다고 연좌제로 처벌했다가는 분명 반발이 생길 것이다.

헤일로 장로를 최소한의 치료만 끝내고서 자택에 유폐한 까닭은 바로 그 때문이었다.

"차라리 진즉 처벌했다면 젊은이들이 이리 소란 피우진 않았을 겁니다. 아니, 그는 피해자일 뿐이니 대장로님께서 직접 돌보겠다고 한마디만 하셨어도 사태가 이렇게까지 커지진 않았을 테죠."

"……."

"저에게 대장로님을 비난할 자격이 없다는 것, 아주 잘 압니다. 하지만 저라도 말씀드리지 않으면 이번에도 흐지부지 지나갈까 봐 그럽니다."

분노를 드러내던 목소리가 차츰 애원으로 바뀌었다.

대장로는 여전히 묵묵부답이었다.

회의실에 다시 정적이 가라앉았다.

잠시 후, 대장로가 입을 열었다.

"인간 기사들에게 무슨 말을 들은 겁니까, 폴라리스 장로님."

"대장로님께서 인간과의 교역을 완전히 포기하시겠다 말씀하셨다고 전해 들었습니다. 그리고 저는 거기 찬동할 수 없습니다."

알타이르가 지그시 눈을 감았다.

그 말에 다른 장로들이 놀라 물었다.

"그건 무슨 말씀이십니까? 인간과의 교역을 포기한다

니요!"

"그렇다면 남은 정령석은 어찌하실 생각이십니까? 적어도 그것들을 되찾을 때까지는 안 될 말씀이십니다!"

"하지만 지금 사태에서는 그것도 나쁘지 않은 방법일지 모릅니다. 바깥세상은 위험하니……."

눈치를 보던 장로 하나가 넌지시 그런 말을 꺼내자 폴라리스 장로가 일갈했다.

"바깥세상만 위험합니까? 우리도 지금 위험합니다! 내부에 어떤 놈이 숨어들었을지 압니까? 막말로, 지클린 그 어린애가 뭘 알았겠습니까? 꼬드긴 사람이 분명히 있었겠지요!"

엘프들의 얼굴이 창백해졌다.

모두가 짐작하던 사실이었다.

지금껏 모른 척해 왔을 뿐이지.

"추격대는 고작 네 명을 보내 놓고, 뭐가 그리 불안하셔서 왕국 내에는 병력을 그리 많이 남겨 두셨지요? 다들 답을 알지 않으십니까? 그런데 조사조차도 제대로 하지 않았습니다. 마구 쑤신 벌집 꼴이 될까 봐 두려우셨습니까?"

폴라리스 장로가 분통을 터뜨리는 이유는 간단했다.

엘프들이 일을 자체적으로 해결했다면.

하다못해 지클린을 꼬드긴 첩자라도 색출해 냈다면.

신성제국의 기사들이 제멋대로 엘프 왕국을 어지럽히는 꼴을 보지 않았을 것이다.

자존심이 상했고, 동시에 분노가 치밀었다.

그런 생각에 사로잡힌 폴라리스 장로는 지난밤을 뜬눈으로 새우고 말았다.

번뇌에 빠져 몇 시간을 보낸 뒤에 남은 것은 마치 누군가에게 옮은 것 같은 분통뿐이었다.

덕분에 폴라리스 장로는 답지 않게 보란 듯이 소란을 피우며 헤일로 장로를 집으로 옮길 수 있었다.

"적이 침입했다면 맞서 싸울 생각을 하셨어야지요! 뒤늦게 문을 걸어 잠근다고 해결될 일은 아무것도 없단 말입니다!"

"그래서 지금, 내가 잘못했다고 말하는 것이오?"

"그렇습니다!"

대장로가 결국 서슬 퍼렇게 쏘아붙였지만, 폴라리스 역시 물러서지 않았다.

"이왕 뚫린 입이니 더 지껄이겠습니다. 어린 견습 기사가 대장로님께 염치없다는 말을 했다지요. 틀린 것 하나도 없습니다. 대장로님도, 우리도 다 염치없습니다."

"폴라리스 장로!"

쿠웅!

대장로가 자리를 박차고 일어나자 의자가 바닥을 나뒹

굴었다.

폴라리스 장로 역시 지지 않고 자리에서 벌떡 몸을 일으켰다.

"반박을 해 보시란 말입니다, 그럼!"

그가 일갈하자 순식간에 정적이 내려앉았다.

모두가 겁을 집어먹은 회의실에 폴라리스 장로의 노성이 가득 들어찼다.

"저들이 돌아가면 어쩌실 겁니까? 문을 꼭꼭 걸어 잠그고 있다가 싸움이 끝난 뒤에야 슬그머니 고개를 드실 겁니까? 악신교가 발발한 것을 어찌 인간만이 책임져야 합니까? 지난 전쟁에서 멸족할 뻔한 것이 엘프뿐입니까?"

"……."

"그래서 돌아가신 뒤에 루체 님을 어찌 뵐 것입니까? 고작 실비안 대장과 몇몇 부하들, 그 젊은이들만 제물로 삼으실 생각이셨던 것 잘 압니다!"

대장로는 아무런 말도 하지 않았다.

그저 조용히 눈을 감을 뿐이었다.

폴라리스의 말이 이어졌다.

"만일 그 애가 살아 돌아오지 못했다면 고귀한 희생이었다며 애도하시는 척만 하고 나 몰라라 하셨겠지요. 저는 그 꼴 못 봅니다."

폴라리스 장로는 마지막으로 쏘아붙였다.

"대장로님이 지금 하시는 것은 다 같이 멀뚱히 앉아서 죽자는 말과 똑같습니다. 저는 살아야겠습니다. 그리고 핏덩이 같은 우리 일족도 살려야겠습니다. 그러니 처벌하시든 말든 마음대로 하십시오!"

그것을 끝으로 그는 자리를 박차고 회의실을 나가 버렸다.

알타이르는 한동안 자리에 선 채로 가만히 심호흡했다.

꽉 쥔 그의 주먹이 덜덜 떨렸다.

멜레프 장로가 조심스레 그를 불렀다.

"대장로님······."

"······다 괜찮아질 것입니다."

얼마의 뜸 뒤, 알타이르가 천천히 운을 뗐다.

"괜찮아질 것입니다. 너무 동요하지 마십시오."

마치 아이를 달래는 듯한 어조였지만, 꼭 스스로에게 하는 다짐 같기도 했다.

늘 온화하고 지혜롭던 대장로였지만, 지금은 그저 초라해 보일 뿐이었다.

장로들은 아무런 말도 하지 못했다.

단지 심란한 침묵만이 흐를 뿐이었다.

* * *

역시 꼬맹이들은 소식이 빨랐다.

공터에서 어김없이 한바탕 대련한 뒤 잠깐 쉬던 중, 엘프 소녀 탈리나가 가장 먼저 운을 뗐다.

"오늘 우리 집에 실비안 대장님이 왔다 가셨다?"

"맞아. 우리 집엔 자카르 교관님이 잠깐 다녀가셨는데, 형이랑 오랫동안 이야기하시던데?"

바닥에 널브러져 숨을 몰아쉬던 소년, 펠리스가 벌떡 몸을 일으켰다.

나무 그늘 아래에서 오늘도 어김없이 과자를 냠냠대던 아렌트가 물었다.

"무슨 이야기를 하셨는데?"

"누굴 찾고 있는데, 잠깐 집 안을 봐도 되냐고 하셨어. 금방 가시긴 했는데 엄마는 되게 놀라신 것 같더라고."

탈리나가 종알종알 설명해 주었다.

그러자 펠리스가 아는 척하며 끼어들었다.

"지클린을 꼬드긴 사람을 찾는다던데? 어른들 중에 있을지도 모른다고."

"진짜?"

아이들의 눈이 휘둥그레졌다.

아렌트가 덧붙여 첨언해 주었다.

"정령석을 훔치라고 지클린을 꼬드긴 사람을 찾는 거야. 그래도 별일 없을걸? 너네 같은 꼬맹이는 아무도 의심 안 해."

"애 취급하지 말라니까!"

펠리스가 또 고함쳤지만 아렌트는 들은 척도 하지 않았다.

옆에서 탈리나가 다른 이야기를 꺼냈다.

"그러고 보니 오늘 회의에서 폴라리스 장로님이랑 알타이르 대장로님이 엄청 싸우셨대."

"어이쿠, 그건 누구한테 들었어?"

"어른들이 이야기하는 거 엿들었어. 폴라리스 장로님이 회의하다가 중간에 나가 버리셨대."

아렌트가 묻는 말에 탈리나가 똘똘히 대답했다.

왕국이라고 부르기에는 다소 민망할 만큼 작은 도시에서 비밀은 없었다.

아렌트는 아이들에게서 강탈한 과자를 입에 쏙쏙 넣으면서 대강 맞장구쳤다.

"난리 났네."

"그렇지?"

"이제 그럼 폴라리스 장로님은 어떻게 되는 거야? 헤일로 장로님처럼 되나?"

펠리스가 심각하게 말하자 탈리나가 고함쳤다.

"야, 그게 무슨 소리야! 폴라리스 장로님은 아무 잘못도 안 하셨는데!"

아이들이 다시 저마다 떠들어 대는 소리를 흘려들으며

아렌트는 조금 흡족해졌다.

'순조로운 모양이네.'

자카르와 실비안의 수색이 아무짝에도 쓸모없다는 건 누구보다도 잘 알았다.

하지만 배신자를 초조하게 만드는 데는 충분히 효과가 있을 것이다.

"그러면 대장로님이 실비안 대장님한테 사람들 집을 뒤지라고 시킨 거야? 우리 아부지는 엄청 화내시던데. 우릴 의심하는 거냐고."

"그건 아닌 것 같던데. 아직 대장로님은 아무런 말씀도 안 하셨다나 봐. 폴라리스 장로님이랑도 싸우셨다면서."

"그럼 실비안 대장님이랑 교관님이 하시는 건…… 그……."

펠리스가 단어를 기억해 내려 애쓰며 인상을 찌푸렸다.

아렌트가 대신 말해 주었다.

"월권행위?"

"그래, 그거 아니야? 원래 안개숲 친위대의 대장은 대장로님의 명령을 잘 들어야 하는 거잖아."

"뭐, 그럴지도 모르지만."

비스듬히 기댄 채 아렌트가 부연 설명을 해 주었다.

"대장로님이 명령하신 게 아니라도 수색 정도야 대장님 혼자 충분히 하실 수 있는 일이지. 그런 걸 하라고 있는 게 대장이니까."

"그런 거야?"

"그런 거지. 대장로님은 안 그래도 바쁘신 분인데, 어떻게 자잘한 일 하나하나에 다 신경을 쓰시겠어? 그런 건 누가 시키지 않아도 해야 하는 거야."

물론 자카르에게 월권이니 뭐니 하면서 약 올렸던 것은 다름 아닌 아렌트였지만.

원래 아 다르고 어 다르다고, 권리에 대한 해석은 가져다 붙이기 나름이었다.

아이들은 찜찜한 얼굴을 하면서도 납득하고 고개를 끄덕였다.

무장 상태로 대기하던 안개숲 친위대 전원을 운용 중이니, 갑작스러운 상황에 엘프들은 상당히 당황했을 것이다.

장로들이 나서서 실비안과 자카르의 수색을 저지할 수도 있겠지만, 폴라리스 장로가 회의에서 생각 이상으로 잘해 준 것 같으니 그쪽도 걱정하지 않아도 될 것 같았다.

'숨죽이고 있던 누군가도 갑자기 엉덩이를 걷어 차인 기분일 테고.'

애초에 그쪽은 기사들이 왕국에 발을 들였을 때부터 초조했을 것이다.

언제라도 정체가 까발려질 수 있다고 여겼을 테니까.

아이들의 종알거림을 듣던 아렌트가 불쑥 끼어들었다.
"그나저나 너희들은 매일 이렇게 놀아도 되는 거냐? 공부 안 해?"
"괜찮아. 여기 우리 비밀 장소라서 아무도 못 찾아!"
"글쎄, 내가 어디 가서 다 불어 버리면 어쩌려고."
심술궂은 한마디에 아이들이 순식간에 충격받은 얼굴이 되었다.
탈리나가 비명처럼 외쳤다.
"뭐야, 아렌트 경! 말 안 하기로 했던 거 아냐?"
"인간의 말을 믿다니. 그렇게 순진해서 이 험한 세상을 어떻게 살아가려고."
과자를 하나 더 입에 쏙 던져 넣으며 아렌트가 피식 웃었다.
"딱히 내가 일러바치지 않아도 이미 들킨 것 같은데?"
"응? 무슨 소리…… 으아아악!"
의아하게 되묻던 아이들은 곧 누군가의 인기척을 느끼고서는 사색이 되고 말았다.
"잠깐만, 잠깐만! 설마!"
풀을 밟는 발소리에 삼삼오오 모여 있던 꼬맹이들이 소스라치게 놀라며 벌떡 자리에서 몸을 일으켰다.
급하게 뒤를 돌아보자, 풀숲 사이를 헤치고 엘프 남자가 공터에 고개를 빼꼼 내밀었다.

"역시나 여기에 있었구나, 이 녀석들."

아이들을 발견한 젊은 엘프가 짐짓 엄한 표정을 하며 풀숲에서 몸을 완전히 빼냈다.

"지금 이게 며칠째야? 자꾸 도망 다니면 혼난다?"

"잘못했어요, 선생님!"

"빨리 교습소로 가지 못해?"

그가 다시 엄하게 말하자 아이들이 입을 비죽이며 뛰어나갔다.

여전히 나무에 기대앉은 채, 아렌트는 고개만 까닥 숙여 인사를 건넸다.

"처음 뵙는 분이네요."

"아이들이 폐를 끼쳤지요? 죄송합니다, 아렌트 경. 첼탄이라고 합니다."

사람 좋은 미소를 지으며 자신을 첼탄이라 소개한 엘프가 고개를 가볍게 숙였다.

아렌트는 무심한 눈으로 그를 물끄러미 보았다.

인간으로 치면 리히트 정도의 나이로 보이는, 제법 사람 좋아 보이는 낯의 남자였다.

옅은 색의 금발은 그가 안개 종족의 핏줄임을 증명해주었다.

"며칠동안 아이들에게 꽤 시달리셨지요? 죄송합니다. 르웰린 님 외에는 바깥 사람이 들어오는 경우가 거의 없다 보니 신기했던 모양입니다."

"애들이 지나치게 활기차더라고요. 놀아 주는 것도 쉬운 일이 아니네요."

아렌트는 쯧 혀를 차며 몸을 일으켜 첼탄을 마주 보았다.

첼탄이 쓴웃음을 지으며 제안했다.

"아렌트 경께서도 교습소에 가서 차라도 하시겠어요? 내일 오전에 복귀하신다 들었습니다. 그간 아이들을 돌봐 주신 값은 하고 싶어서요."

"미안한데 제가 촉이 좀 좋은 사람이라, 별로 좋은 기분은 안 드는데 거절해도 됩니까?"

퉁명스러운 한마디를 끝으로, 아이들이 떠난 공터에 잠깐 침묵이 흘렀다.

숲 특유의 맑은 공기는 약간의 습기와 냉기를 품고 있었다.

신선한 풀 향기를 품은 찬바람이 나뭇잎을 가볍게 흔들었다.

"……"

자상한 미소를 띠고 있던 첼탄의 낯이 순식간에 무표정이 되었다.

아이들을 대할 때의 장난스러운 모습은 완벽히 사라진 뒤였다.

아렌트를 물끄러미 응시하던 첼탄이 차갑게 툭 내뱉었다.

"보아하니 인간 주제에 어린애들한테 꽤 마음을 쓰는 것 같던데. 아니었나?"

"……설마 치사하게 꼬맹이들로 협박할 생각은 아니지?"

"유감스럽지만 필요한 일이었다. 내가 할 수 있는 게 그 정도뿐이라."

싸늘한 대답이 돌아왔다.

그를 마주 보는 아렌트의 미간이 살며시 구겨졌다.

"이미 무슨 짓을 했다는 뜻이군."

첼탄은 아무 말도 하지 않았다.

견습 기사가 쯧 혀를 차며 뒷머리를 긁적였다.

"이렇게 되면 좀 곤란한데."

그날 밤, 아렌트는 숙소에 돌아오지 않았다.

* * *

진득한 침묵이 흘렀다.

탁, 탁, 탁.

아서가 신경질적으로 다리를 떠는 소리만이 가끔 정적을 깰 뿐이었다.

응접실의 소파에 둘러앉은 그들의 시선은 테이블 위에 놓인 한 켤레의 낡아 빠진 반장갑에 닿아 있었다.

가장 먼저 운을 뗀 사람은 자카르였다.

"지금 와서 묻는 것도 이상합니다만…… 원래 이런 자입니까?"

"네."

"그렇습니다."

아서와 리히트가 한 치의 망설임도 없이 대답했다.

자카르는 탄식을 터뜨리면서 허공을 올려다보았다.

실비안은 아까부터 두통이 치밀어 오르는지 미간을 꾹꾹 누르고 있었다.

아렌트가 돌연 사라졌다.

그리고 그가 늘 몸에서 떼지 않는 서리 어린 손길이 라이오스의 짐 사이에서 발견되었다.

르웰린이 한참 만에 침묵을 깼다.

"오늘 아렌트 본 사람? 그놈, 장갑 끼고 있었어?"

"아침에 잠깐 봤을 땐 착용하고 있었습니다만…… 가짜였던 듯합니다."

거기에 답을 내준 사람은 리히트였다.

아마 엘프 시종에게 부탁해서 비슷한 것을 미리 구해 두었을 것이다.

그러니 아렌트의 실종은 분명히 본인의 의도로 벌어진 일이었다.

묵묵히 있던 라이오스가 입을 열었다.

"일단 우리가 뭘 놓치고 있었던 건지 되짚어 봐야 합니다."

"놓치고 있던 거라니요?"

실비안이 의아하게 묻자 단장이 담백하게 대답했다.

"놈의 꿍꿍이가 어디에서부터 시작되었는지요."

"……."

실비안과 자카르는 이해가 안 된다는 얼굴이었다.

하지만 아서와 리히트는 약속이나 한 듯 얼굴을 와락 구겼고 르웰린은 이마를 탁 소리 나게 짚었다.

그들의 격한 반응에 엘프들은 더욱 어리둥절해지고 말았다.

라이오스가 침착하게 입을 열었다.

"차례대로 생각해 보지. 일단 왕국에 도착한 순간부터."

"……돌이켜 보면 이곳에 도착한 직후에는 꽤 얌전했습니다."

입을 꾹 다물고 있던 아서가 그리 말했다.

자카르가 저도 모르게 믿을 수 없다는 듯 중얼거렸다.

"얌전……?"

"그렇게 반응하시는 것도 충분히 이해 갑니다만, 놀랍게도 그랬습니다."

리히트가 침착하게 답을 내주었다.

"놈이 제 성질머리를 발휘할 순간은 언제든지 있었습니다. 예를 들어서 자카르 님께서 전사들을 끌고 항구까지 마중 나오셨을 때도 그렇고요."

"……."

"마음만 먹었다면 그날 회의실에서도 한바탕 난리 쳤을걸요. 근데 그때 점잖은 척하고 있었단 말이죠."

할 말을 잃어버린 자카르에게 아서가 덧붙여 주었다.

당시 아렌트는 '정중한 견습 기사'인 척 숨죽이고 있었다. 그래서 엘프들은 아무도 아렌트에게 관심을 주지 않았다.

이후에도 마찬가지였다.

엘프와 소통할 때 전면에 나선 것은 대부분 라이오스였다.

르웰린이 눈썹을 모으고 심각하게 중얼거렸다.

"그리고 보면 연회에서도 그랬지. 술도 다 받아 마시고."

"하, 하지만 대장로님께 염치 챙기라고 말했다고 했잖습니까. 아무리 봐도 얌전했던 것 같지는 않습니다만."

더듬더듬 실비안이 반론을 내어놓았다.

어젯밤, 아렌트가 이런저런 지시를 내리며 털어놓은 이야기였다.

라이오스가 고개를 가로저었다.

"그때 아렌트는 제법 취한 상태였습니다. 취한 척이었던 건지, 진짜 억지로 버티고 있었던 건지는 알 수 없습니다만…… 어쨌든 대장로님은 주정쯤으로 여기셨을 겁니다."

실제로 알타이르는 아렌트가 라이오스의 전언을 전한 것이라고 오해했다.

그 이후 알타이르 장로는 염치없다는 한마디에만 꽂혀서 끝도 없는 고민을 시작했고.

단장의 이야기를 듣던 리히트가 불현듯 깨닫고는 중얼거렸다.

"그때는 이미 2왕국 내의 첩자를 찾자고 결정한 상태였죠."

"첩자를 찾아서 대장로님께 협상거리로 내놓자…… 그런 말을 했지. 그리고 다음 날 그놈이 자카르 님께 시비를 걸었고."

르웰린이 기억을 더듬으며 인상을 살짝 찌푸렸다.

그 다툼의 결과, 자카르는 기사들의 편에 합류했다.

자카르와 아렌트가 마주친 것은 우연의 일치였다.

하지만, 그게 정말 우연이었을까?

"있잖아. 아렌트는 처음부터 대장로님을 배제할 생각이었을까?"

"아마 그건 아니었을 겁니다. 대장로님이 단장님과의 회담에서 어떤 식으로 반응하셨는지에 따라 결과는 달라졌겠죠."

리히트가 가볍게 부정했다.

그렇다면 그때까지 아렌트의 목적은 첩자 찾기에만 집중되어 있었다고 추측할 수 있었다.

문득 라이오스가 툭 내뱉었다.

"서리 어린 손길."

"……아."

그 짧은 한마디에 아서와 리히트 역시 뭔가를 깨닫고는 탄식을 터뜨렸다.

라이오스의 서늘한 푸른 눈동자가 다시 테이블 위의 아티팩트를 향했다.

"……그러고 보니 그놈, 대련할 때는 아티팩트를 사용하지 않습니다."

아서가 허공을 보고 중얼거렸다

살상력이 강한 물건이니, 대련의 의미가 없어지는 데다 상대방이 다칠 가능성이 큰 탓도 있었다.

하지만 진짜 이유는 하나였다.

지나치게 눈에 띄는 탓이었다.

한동안 조용히 숨죽이고 있던 아렌트였다.

하지만 그는 자카르와의 싸움을 시작으로 보란 듯 이곳저곳에서 서리 어린 손길을 사용했다.

더군다나 누가 적이고 아군인지 모를 타지에서.

그 말을 들은 리히트가 신음처럼 중얼거렸다.

"……교관님과 싸운 것은 우연이라 쳐도 될 겁니다. 하지만 사할린 님을 괴롭히기 시작했을 때부터는 분명 의도했을 겁니다."

어느 순간부터 아렌트는 단독 행동을 시작했다.

전면에 나서는 것은 대부분 라이오스와 기사들에게 떠맡기고서.

그래서 엘프들 사이에 섞여 대련하며 시간을 보내거나, 꼬맹이들을 상대로 장난치며 소란을 피우며 시간을 보냈던 거였다.

그 모든 것을 고려했을 때, 나올 수 있는 답은 딱 하나였다.

르웰린이 얼빠진 얼굴로 말했다

"대장로님을 배제하겠다 선언하기 이전부터…… 그 미친놈은 나 잡아먹으라며 일부러 설치고 다녔다는 거지?"

"그렇다고 수상하게 보이고 싶지는 않았을 테니, 일부러 얌전한 척 굴면서 장로님들의 시선은 피해 다녔죠."

아서가 고개를 끄덕이며 대답했다.

장로들 틈에 첩자가 없다는 건 라이오스와 기사들이 움직이며 검증해 주었다.

그렇기에 선배들에게 지시를 내려놓고 아렌트 본인은 주민들 사이를 알게 모르게 들쑤시고 다닌 것이다.

그러다 마침내 알타이르 대장로가 라이오스에게 제 속내를 밝혀 버렸다.

아렌트의 행동 방침이 정해진 건 바로 그 순간이었을 터.

르웰린이 툭, 손을 떨어뜨리며 망연하게 중얼거렸다.

"이 미친 새끼……."

자연스레 흘러나온 험악한 욕에 모두가 동의할 수밖에 없었다.

하지만 라이오스는 여전히 침착했다.

"실비안 대장님."

실비안이 퍼뜩 정신을 차리고 대답했다.

"예, 말씀하세요."

"지금 당장 수색을 부탁드립니다. 견습 기사가 실종됐다는 것을 모든 전사들과 장로님들께 알리십시오. 물론 대장로님께도요."

"예?"

"엘프 내부에 숨어 있던 첩자에게 납치된 것 같다는 말도 꼭 덧붙이셔야 합니다."

라이오스가 강조하듯 덧붙였다.

그에 실비안이 얼떨떨하게 고개를 끄덕였다

"굳이 말씀하지 않으셔도 물론 그리할 것입니다만."

"최대한 크게 소란을 만들어 주십시오. 저는 지금 바로 대장로님을 만나 뵈어야겠습니다."

하지만 다음으로 나온 것은 라이오스가 평소 결코 입에 담지 않을 말이었다.

"지금 상황에 책임져야 할 사람은 단지 첩자만이 아닙니다. 사신으로 방문한 인간 견습 기사가 피해를 입었습니다."

빠르게 이어지는 설명에 실비안만이 아니라 다른 이들 역시 멍한 얼굴을 했다.

"이건 분명 외교적으로 큰 문제가 될 만한 사건입니다. 대장로님의 안일한 대처가 원인이 아니라고는 결코 말씀하실 수 없을 겁니다."

"아……!"

그제야 르웰린의 입에서 비명 같은 탄식이 터져 나왔다.

라이오스는 그들을 둘러보며 확실하게 덧붙였다.

"저는 대장로님께 이 모든 책임을 물을 겁니다."

새파란 눈동자가 열기를 품었다.

차갑게 식은 어조에서 느껴지는 은근한 분노에 다른 이들은 차마 이견을 말할 수도 없이 입을 다물고 말았다.

대장로는 신성제국에서 방문한 손님에게 생긴 문제에 합당한 책임을 져야 할 것이다.

이것이 바로 아렌트가 말한, 대장로가 잘못했다며 스스로 싹싹 빌도록 만들 극약 처방이었다.

3장. 모두 제정신이 아니야

모두 제정신이 아니야

갑작스러운 사태에 그렇지 않아도 대낮부터 뒤숭숭하던 엘프 왕국은 발칵 뒤집혔다.

수색이 시작된 지 얼마 지나지 않아 첩자의 정체가 밝혀졌기 때문이다.

아렌트와 마지막으로 함께 있었던 어린 엘프들이 입을 모아 증언한 것이다.

"숲에서 아렌트 경이랑 같이 놀고 있었는데, 첼탄 선생님이 찾아왔었어요."

라고.

공교롭게도, 첼탄은 자카르와 실비안이 용의자로 지목한 엘프들 중 한 명이었다.

실비안은 곧장 전사들을 이끌고 첼탄의 집에 쳐들어갔다.

하지만 그의 집은 텅 비어 있었다.

수색이 시작된 지 채 1시간이 지나지 않아 사태는 또 한 번 급변했다.

첼탄에게 수업을 받던 몇몇 아이들의 몸에 이상한 형태의 문양이 떠오른 것이다.

르웰린은 그게 무엇인지 단박에 알아보았다.

아이의 옆구리에 멍처럼 새겨진 문양을 확인한 르웰린이 아득하게 중얼거렸다.

"이거…… 지클린이 실험체들한테 새겨 뒀던 거랑 비슷해요."

그러자 엘프들의 얼굴이 창백해졌다.

"하, 하지만 지클린은 이미 왕국을 떠난 지 꽤 오래되었는데……!"

"그럼 첼탄의 짓이겠죠."

르웰린이 엘프의 말을 중간에 잘라 버렸다.

"이 주술의 특성상, 주술사가 오랫동안 손대지 않으면 문양도 사라져 버려요. 아마 첼탄이 꽤 오래전부터 주술을 아이들 몸에 걸어왔을 겁니다."

그자가 지클린에게 이 주술을 알려 준 건지, 아니면 거꾸로 지클린이 그에게 전수했는지는 알 수 없었다.

하지만 썩 좋은 상황이 아니라는 것만큼은 확실했다.

"일단은 문양이 생긴 아이들을 전부 한곳에 모아 주세

요. 애들이 불안해하지 않게 잘 달래 주시고."

"어, 어떻게 되는 겁니까? 무슨 일이 생긴 겁니까?"

겁에 질린 엘프가 재우쳐 묻자, 르웰린이 단호하게 대답했다.

"아무 일도 안 일어나게 해야죠. 그렇게 만들 겁니다."

사할린에게 뒷정리를 맡긴 르웰린은 조금 떨어진 곳에서 그들을 지켜보던 아서와 리히트에게 다가갔다.

리히트가 다소 급하게 물었다.

"주술이 맞습니까?"

"어어, 맞아. 아무래도 꽤 오래전부터 작정한 것 같은데."

르웰린이 불쾌한 얼굴로 고개를 끄덕였다.

"하지만 완전한 건 아냐. 문양 군데군데가 흐려지고 끊긴 곳이 있었어. 지클린보다 서툰 솜씨인 데다…… 아마 아직 미완성이었겠지."

그리고 포위망이 좁혀져 오자 첼탄은 급한 마음에 주술을 발동해 버리고 달아났다.

지금 할 수 있는 추측은 그게 다였다.

아서가 끙 앓는 소리를 냈다.

"일단 아직까지는 별일이 없는 것 같아서 다행입니다만."

"글쎄, 이걸 다행이라고 해야 하나…… 저 주술이 어떤 영향을 끼칠지 아직 모르니까. 극단적으로 말해서, 한순간에 애들을 죽일 수 있는 걸지도 모르잖아."

르웰린이 목소리를 낮춰 엘프들이 듣지 못하도록 덧붙였다.

지클린의 문양은 사람들의 자아를 천천히 빼앗고 있었다.

하지만 첼탄이 사용한 것 역시 같은 영향을 준다고는 아무도 확신할 수 없었다.

"놈이 애들을 붙잡고 인질극이라도 벌이고 있는 거면, 그 녀석도 꽤 곤란한 상황일 거야."

"……."

아서와 리히트의 얼굴이 설핏 굳었다.

아렌트가 아닌 척 어린애들에게 무르다는 건 모두가 아는 사실이었다.

리히트가 눈을 아래로 내리깔았다.

"용의자가 좁혀진 순간 쳐들어가지 않았던 건 잘한 일이었군요. 그놈이 아이들을 인질로 농성이라도 벌였다면 속수무책이었을 테니."

"설마 일이 이렇게 될 줄은 몰랐지만요…… 이 개자식, 나중에 보면 때려 줄 테다."

아서가 짜증을 가득 싣고서 투덜거렸다.

그때, 전사들을 끌고 수색에 나섰던 실비안과 자카르가

복귀하는 것이 보였다.

안색이 어두운 것을 보아하니 별 소득이 없었던 모양이었다.

아니나 다를까, 가까이 다가온 실비안이 반갑지 않은 소식을 건넸다.

"흔적을 찾을 수가 없었습니다. 아무래도 안개숲 안으로 들어갔을 가능성도 상정해야 할 듯합니다."

"끄응…… 역시나."

르웰린의 얼굴이 구겨졌다.

그 반응에 아서가 의아하게 물었다.

"뭐 문제라도 있습니까?"

"안개숲 안쪽은 엘프들도 거의 들어가지 않아. 조금만 안으로 들어가도 안개가 짙게 끼는 곳이라 자칫하면 길을 잃어버리게 돼."

한마디로 시간 끌기에는 아주 좋은 피신 장소라는 뜻이었다.

실비안이 덧붙여 설명해 주었다.

"출입이 가능한 자는 안개 속에서 길을 잃지 않을 정도로 충분한 마력을 품은 자들뿐이다. 그리고 안개숲을 수색하려면 대장로님의 허가가 필요해."

대장로라는 말에 기사들의 얼굴이 착잡해졌다.

대장로는 지금 라이오스와 독대 중이었다.

그가 지금쯤 어떤 심정일지는 굳이 상상하지 않아도 알 수 있었다.

"이런 말 하면 안 되는 건 압니다만, 그러게 진즉 협조하셨다면 이런 봉변은 안 당하셨을 텐데……."

아서가 슬쩍 말꼬리를 흐렸다.

리히트와 르웰린이 조용히 고개를 끄덕였다.

가만히 듣고 있던 자카르가 덧붙였다.

"하지만 지금 가장 곤혹스러울 것은 아렌트 경일 테지."

자카르와 실비안에겐 스스로 첩자를 따라간 아렌트야말로 기사다운 살신성인의 정신을 발휘한 것으로 보였다.

첩자의 정체가 밝혀졌고, 그가 사로잡힘으로서 다른 인질, 즉 어린이들의 안전을 확보할 시간까지 벌었으니까.

하지만 그 말에 아서가 가장 먼저 뭐 씹은 표정으로 되물었다.

"곤혹이요? 그 자식이요?"

"예?"

뜻밖의 반응에 실비안이 얼빠진 소리를 냈다.

뒤이어 리히트가 고개를 내저었다.

"아렌트는 루체 신께서도 골치 아프다며 돌려보낼 놈입니다."

"오히려 첼탄 쪽이 후회하고 있다면 모를까, 절대 아닙니다."

"……."

르웰린까지 거들자 실비안과 자카르는 그냥 입을 다물어 버렸다.

주머니에 손을 푹 찔러 넣은 르웰린이 툭 내뱉었다.

"인질로 잡힌 건 우리뿐만이 아닙니다."

"예?"

"놈들이 꼭 되찾아야 하는 물건이 있거든요. 그게 전부 다 우리 손에 있고."

서리 어린 손길, 강한 자의 그림자, 드래곤 본까지.

첼탄은 전부는 아니라도 서리 어린 손길만은 회수할 생각이었을 터.

하지만 아렌트가 가짜 장갑을 끼고 가면서 그것도 무산되어 버렸다.

그러니 첼탄도 꽤 속이 탈 것이다.

게다가 리히트가 덧붙여 주었다.

"물론 아렌트의 목만 들고 돌아가도 영웅 취급 받겠지만, 그것도 쉽지 않을 겁니다. 교사 생활만 수십 년 한 엘프가 혼자 아렌트를 상대할 수 있을 리 없으니까요."

실비안과 자카르는 잠깐 할 말을 잃어버리고 말았다.

다들 지나치게 태연자약한 모습들이었다.

실비안은 결국 참지 못하고 다시 캐물었다.

"걱정은 안 되나?"

"물론 걱정은 됩니다만, 그건 그 미친놈이 수단과 방법을 안 가리는 자식이라 그렇지⋯⋯ 그놈이 첩자랑 같이 동귀어진 한다든가, 뭐 그럴 리는 없으니 안심하십쇼."

마치 아렌트 흉내를 내듯, 아서가 어설프게 어깨를 으쓱했다.

"괜히 걱정한답시고 미적대는 것보다는 발맞춰 빠르게 움직이는 게 낫습니다. 허둥대는 건 그놈이 우리한테 기대한 바가 아닐 테니까요."

움직이는 자연재해 같은 놈과 어울려 다니며 몸으로 터득한 거였다.

그제야 실비안은 깨달았다.

이들은 손을 놓고 그저 기다리기만 하는 게 아니었다.

자신의 차례가 오면 곧장 뛰어 나갈 수 있도록 숨죽이고 있을 뿐이었다.

목줄이 풀리기를 기다리는 사냥개처럼.

당사자들은 부정할지도 모르겠지만, 그들의 묘한 차분함은 아무렇지도 않게 터무니없는 지시를 내리던 아렌트와 상당히 닮아 있었다.

"⋯⋯."

이래도 괜찮은 건가?

무어라 말하려던 실비안은 그냥 입을 꾹 다물어 버렸다.

* * *

"지클린의 악취미가 어디에서 왔나 했더니, 당신한테 물려받은 거였군."

벽 구석에 기대어 앉은 아렌트 폰 에크하르트가 감탄사를 터뜨렸다.

마치 친구 집에라도 놀러 온 것처럼 아렌트는 태평하게 눈을 굴리며 방 곳곳에 놓인 몬스터의 내장 표본과 연구 자료 따위를 구경하고 있었다.

그 태연한 꼴에 첼탄은 다시 한번 화가 치미는 것을 느꼈다.

하지만 그는 엘프 특유의 인내심을 발휘해 버럭 고함을 치는 것을 가까스로 눌러 담았다.

"자신의 처지를 조금이라도 자각하고 있다면, 입을 함부로 놀리지 않는 게 좋을 텐데."

하지만 그런 협박이 통할 상대가 아니었다.

양손이 꽁꽁 결박당한 채 낯선 곳에 끌려온 와중에도, 아렌트의 주둥이는 멈출 줄을 몰랐다.

"이런 처지니 입이라도 마음대로 움직여야지 않겠어? 안 그래도 억울해 죽겠는데."

아렌트가 그를 조롱하듯 어깨를 으쓱했다.

그 태연자약한 꼴에 첼탄은 다시금 화가 치밀어 오르는 것을 느꼈다.

아이들을 볼모 삼아 서리 어린 손길을 회수하고 아렌트를 죽인 뒤, 곧장 엘프 왕국을 빠져나갈 계획이었다.

하지만 그 계획은 완벽하게 틀어져 버렸다.

성물을 내놓으라고 요구하자, 저 빌어먹을 놈이 비웃으며 그의 얼굴에 평범한 가죽 장갑을 던져 준 탓이었다.

아렌트의 이죽거림이 이어졌다.

"너네 신도 참 골치 아프겠어. 신도라는 것들이 하나같이 이렇게 덜떨어진 놈들이니. 성물인지 가죽 장갑인지 구분도 못 하는 주제에 뭘 하겠다고."

"닥쳐. 목 졸라 죽여 버리기 전에."

"할 수 있으면 해 보든가. 지금 내가 죽으면 그쪽도 제법 곤란한 거 아냐? 그 잘난 성물을 되찾고 싶은 것 아니었어?"

"……"

뿌득.

첼탄의 입술 사이에서 이 갈리는 소리가 흘러나왔다.

아주 유감스럽게도 놈의 말은 틀리지 않았다.

어린 엘프들을 인질 삼아서 성물을 빼앗는 데 성공한다더라도, 아직 왕국에서 도망치는 일이 남았다.

주술의 영향력은 멀리 미치지 못한다.

첼탄은 아무런 대답도 하지 않았지만, 견습 기사는 아랑곳하지 않았다.

"엘프족 안에서도 대전쟁 당시에 생존해 있던 사람은 남지 않았다면서? 그래서 지금의 엘프들은 모두 젊은 사람들뿐이고."

"……."

"도대체 어떻게 된 영문인지 궁금했는데, 어쩌면 당신은 알지도 모르겠네. 아무리 전쟁이 혹독했다지만, 200세가 넘은 엘프가 단 한 사람도 남지 않았다는 건 좀 이상하잖아."

2왕국에서 가장 나이가 많은 대장로도 인간으로 따지자면 라이오스와 비슷한 나이였다.

"대장로님은 완전히 공포에 질려 있던데, 전쟁의 후유증을 두 눈으로 보신 탓이라고만 생각하기 좀 과하단 말이지."

전쟁을 직접 겪은 것도 아닌 알타이르 장로에게는 꽤 깊은 트라우마가 남아 있는 듯했다.

"당신들 윗세대에서 무슨 일이라도 있었나?"

첼탄은 입을 꾹 다물었다.

잠시 후, 그가 짧게 내뱉었다.

"천벌."

"……?"

의미 모를 한마디에 아렌트의 미간이 살며시 구겨졌다.

"대장로님."

조용한 집무실에서 라이오스가 운을 뗐다.

알타이르는 반응하지 않았다.

그의 얼굴에서는 더 이상 여유나 미소 따위는 찾아볼 수 없었다.

결 좋은 머리칼은 잔뜩 흐트러졌고, 아름다운 얼굴은 손으로 가려져 보이지 않았다.

라이오스가 다시 그를 불렀다.

"대장로님, 사태는 전해 들으셨을 겁니다."

"……단장은 꽤 침착해 보이는군요. 자신의 부하가 실종된 마당에."

한참 만에 대장로가 실소를 흘리며 고개를 들었다.

심하게 마음고생을 한 탓에 낯이 거칠어져 있었다.

"단장께서 무슨 말을 하실지 압니다. 견습 기사의 실종에 책임을 지라는 말씀이겠지요."

라이오스는 무표정하게 대장로를 보았다.

알타이르가 토해 내듯 말을 이었다.

"이제는 장로들마저 내가 잘못했다 말합니다. 그러니 인정해야지요. 제가 처신을 잘못해 이런 사태가 벌어졌다고 말입니다. 하지만 한 가지 여쭙겠습니다."

"말씀하십시오."

"정말 이 모든 일이 우연입니까?"

대장로 정도 되는 자인 만큼 짐작할 수 있었을 것이다. 모든 일이 벌어진 타이밍이 지나치게 공교로웠다고.

"폴라리스 장로, 실비안 대장, 자카르 교관…… 그들이 갑자기 날뛰기 시작한 것이 정말 우연입니까? 견습 기사가 변을 당한 것도요? 이것만은 알아야겠습니다. 내가 도대체 무엇에 당한 건지는 여쭈어도 괜찮지 않습니까?"

그렇게 묻는 대장로는 얼핏 처절해 보이기까지 했다.

"라이오스 단장, 말해 주십시오. 도대체 무슨 짓을 한 겁니까?"

라이오스는 짧게 한숨을 내쉬었다.

"대장로님, 우선 사죄드리겠습니다. 그놈은 저도 감당하기 힘듭니다."

"예?"

대장로는 라이오스의 말을 퍼뜩 이해하지 못하고 재차 물었다.

"……무슨 말씀이십니까?"

"이번 사태에는 저와 대장로님 둘 다 책임이 있다는 뜻입니다. 하지만 이미 돌이키기는 늦었으니, 저는 그 녀석이 맡긴 일을 할 수밖에 없습니다."

라이오스가 말하는 그 녀석이 누구인지 대장로는 여전히 알아차리지 못한 눈치였다.

기사단장은 개의치 않고 덧붙였다.

"대장로님, 지금이라도 늦지 않았습니다. 마음을 돌리신다면 충분히 수습할 수 있습니다."

"마음을 돌리라니, 이해하기 어렵습니다."

마지막 반항을 하듯 알타이르가 고집스레 말했다.

라이오스는 고개를 내저었다.

"아니요, 대장로님은 이미 아십니다. 악신교와 맞서 싸울 준비를 하십시오. 그렇다면 지금까지의 일들은 그저 함께 협력해 첩자를 찾아내는 과정에서 벌어진 불상사 정도로 덮어 두겠습니다. 동료를 위해 희생을 감수하는 것은 기사로서 당연한 일이니까요."

모든 잘못을 덮어 주겠다는 파격적인 제안이었다.

그와 동시에 전장으로 엘프들의 등을 떠미는 잔혹한 말이기도 했다.

라이오스의 푸른 눈동자가 대장로를 압박했다.

"신의를 보이신다면 신성제국은 기꺼이 엘프들의 검이자 방패 역할을 할 것입니다."

"……진정 그리하셔야 합니까?"

한참 동안 침묵하던 알타이르가 애원하듯 말했다.

하지만 라이오스는 단호했다.

"엘프들을 위해서도 이러는 것이 맞습니다. 전쟁의 업화는 비단 인간만을 향하지 않습니다."

"……."

"현실을 받아들이셔야 합니다. 썩은 살을 도려내고 이제는 맞서 싸울 준비를 하실 때입니다. 그렇지 않으면, 대장로님께서 그토록 두려워하시던 상황이 정말로 찾아올지도 모르니까요."

한참 동안 침묵하던 알타이르가 천천히 한숨을 내쉬었다.

참담한 표정을 들키고 싶지 않은 듯, 그가 손을 들어 얼굴을 쓸어내렸다.

"……결국 이리 되는군요."

탄식 같은 한 마디가 흘러나왔다.

며칠 새 여위어 버린 손이 덜덜 떨리고 있었다.

그를 다소 안쓰럽게 바라보던 라이오스가 덧붙였다.

"참고로 말씀드리자면, 대장로님께서 마음을 돌리지 않으실 경우…… 아렌트는 끝까지 나타나지 않을 겁니다."

"……예?"

뜬금없는 말에 대장로가 고개를 들었다.

라이오스는 그의 시선을 슬쩍 피하며 덧붙였다.

"아렌트는 그런 녀석입니다. 첩자를 혼자 두들겨 패서 제압해 놓고도 숲에 혼자 몸을 숨긴 채 유유자적할 놈이니까요."

"예? 아니, 잠깐. 방금 뭐라고……?"

대장로는 몇 차례나 멍청히 되물어야 했다.

차분히 이어지는 라이오스의 목소리에 은은한 분노가 묻어나기 시작했다.

"송구합니다만, 무슨 짓을 했나 여쭈셨지요. 그 물음에 답할 사람은 제가 아닙니다. 그 망할 녀석이지."

"……."

"저희도 지금부터 그 새끼…… 아니, 아렌트 경을 찾아야 합니다. 그러니 이건 대장로님께 드리는 마지막 기회입니다."

들으면 들을수록 대장로는 더욱 아득해지는 기분이었다.

한참 뒤에야 알타이르는 깨달았다.

라이오스는 지금, 알타이르가 던진 질문에 답을 해 주고 있었다.

멍하니 있던 알타이르가 움직이지 않는 입을 억지로 뗐다.

"그러니까…… 아렌트 경이……."

"물론 사태가 이렇게 된 데에는 제 책임도 있습니다. 제가 무능한 탓에 그놈이 이런 기상천외한 선택을 한 것일 테니까요."

어처구니없는 일이었다.

알타이르는 입을 쩍 벌리고 기사단장을 보았다.

"아렌트 경이…… 정말로……."

"하다못해 첩자라도 제가 먼저 찾아냈다면, 놈이 적진에 혼자 들어간다는 무모한 방법은 생각해 내지 않았을 겁니다."

라이오스가 넋을 놓은 알타이르에게 못 박듯 확실하게 말했다.

"그놈을 말리지 못한 죄로, 저는 지금 여기에서 대장로님을 협박하는 부끄러운 짓을 하고 있습니다. 그러니 이 일이라도 확실하게 수행해야 합니다."

"……."

"이 이상으로 무능한 단장은 되고 싶지 않으니까요."

알타이르는 한동안 얼어붙어 있었다.

이 판을 만든 것은 라이오스가 아니라 그 견습 기사다.

그는 자신의 의지대로 모습을 감추었다.

스스로를 미끼 삼아 첩자의 정체를 밝히고, 동시에 대장로인 자신을 압박하기 위해.

그리고 기사단장은 그 사실에 분노하고 있었다.

하지만 라이오스의 분노한 곳은 제멋대로 설치는 견습 기사가 아니었다.

그를 발 빠르게 막지 못한 라이오스 자신이지.

멍하니 있던 대장로가 간신히 입을 열었다.

"그러니까······."

하지만 결국 제대로 된 문장을 끝맺지 못했다.

자신의 앞에 있는 라이오스 드 윈프리드는, 그 비상식적인 행태에 자연스럽게 힘을 보태 주고 있었다.

단장은 아렌트가 어떻게든 살아남을 거라 믿고 있다.

동시에 동료들의 발목을 잡지도 않을 거라 확신하고 있었다.

동료들에게도 귀띔하지 않고 모습을 감춘 견습 기사 역시 마찬가지였다.

굳이 설명하지 않아도 단장이 자신의 뜻을 파악하고 알맞게 움직여 줄 거라 믿는다.

그렇기에 아렌트 역시 이런 돌발 행동을 벌였다.

이건 누가 봐도 정상적이지 않은 신뢰 관계였다.

입을 몇 번 달싹이던 알타이르가 저도 모르게 중얼거렸다.

"······모두 제정신이 아니군요."

라이오스는 부정도, 긍정도 하지 않았다.

그저 빠른 선택을 종용하듯, 무감정한 푸른 시선을 대장로에게 보낼 뿐이었다.

알타이르는 인정할 수밖에 없었다.

그는 결국 엘프도 지켜 내지 못했으며, 인간과의 관계도 파탄에 이르게 만들었다.

허탈하다 못해 웃음이 터져 나왔다.

"그렇군요. 모든 걸 망쳐 버린 제겐 애초부터 다른 길을 선택할 권리 따위는 존재하지 않았던 거군요."

대장로는 피식 입꼬리를 올리며 의자에 몸을 툭, 기댔다.

"……라이오스 단장, 그대에게 안개숲 친위대의 지휘권을 일시적으로 부여하겠습니다. 그들과 안개숲을 수색해서 엘프의 배신자를 색출하고, 견습 기사를 구출하세요."

사실상 구출 작전은 필요 없을 것이란 직감이 들었다.

하지만 알타이르는 말을 번복하지 않았다.

때늦은 항복 표시였다.

동시에 그동안 애써 외면하던 존재를 적으로 확실하게 인식하겠다는 선언이기도 했다.

"금지 구역의 수색 역시 허용합니다. 저는 조금 쉬어야겠습니다. 죄송합니다. 어지럽군요."

라이오스는 더 이상 그를 몰아붙이지 않고 묵묵히 고개를 끄덕였다.

"호의에 감사드립니다. 걱정하시는 일은 결코 일어나지 않을 겁니다."

* * *

천벌.

묘한 말이었다.

인상을 구긴 아렌트가 삐딱하게 고개를 기울였다.

"뭐, 당시 생존자들이 신의 벌을 받아서 단체로 죽기라도 했다고?"

"……."

하지만 첼탄은 더 이상 대답하지 않았다.

어쩐지 그 침묵이 긍정처럼 느껴져, 아렌트는 기분이 묘해졌다.

단순한 비유인지, 아니면 정말 현상 그 자체를 말하는 것인지.

전자이기를 바라 마지않지만, 이 빌어먹을 세상의 경우에는 후자일 가능성 역시 배제할 수 없었다.

'만약 그게 사실이라면 알타이르 대장로가 날카롭게 반응한 것도 이해는 가능하군.'

신의 벌을 받아 목숨을 잃은 엘프들이라.

아렌트의 상식으로는 이해할 수 없는 광경이었다.

잠깐 그 모습을 상상해 보던 아렌트가 참지 못하고 내뱉었다.

"막장이군."

"원래 그런 세상이다, 아렌트 폰 에크하르트. 살아남은 이들은 모두 죄인일 수밖에."

"너는 죄인 맞지. 애들한테 손대고 나까지 납치했으니

까. 근데 나는 아무런 잘못 없어. 지금껏 내 손에 죽은 건 다 뒈져 마땅한 놈들뿐이었는걸."

"……."

진지하게 말을 잇던 첼탄이 얼어붙었다.

아렌트가 덧붙였다.

"아, 너무 잘난 죄는 있겠군. 그 점은 유감스럽게 생각해."

"……농담하는 건가, 지금?"

"아니, 진심인데."

아렌트가 뻔뻔하게 눈을 치뜨고 그를 올려다보았다.

첼탄은 진심으로 황당한 표정이었다.

어깨를 으쓱한 아렌트가 화제를 바꿔 버렸다.

"이제부터 어쩔 생각이야? 보아하니 다 망한 것 같은데. 이도 저도 못 하게 된 거 아닌가?"

"왜 그렇게 생각하지?"

"실제로 지금 아무것도 못 하고 있으니까. 어린애들을 해치면 내가 얌전히 있지 않을 테고, 그렇다고 당장 날 죽이자니 나중에 도망칠 길이 막막한 거잖아."

마치 남 이야기를 하듯, 그는 태평하기만 했다.

첼탄과 시선이 마주친 아렌트가 씨익 웃었다.

"설마 이따위 결박으로 날 제압할 수 있다고 생각하는 건 아니지?"

"……."

첼탄 역시 잘 알았다.

지금은 단지 저자가 아이들의 안전을 염려해 순순히 잡혀 있는 것에 가까웠다.

분명 마음만 먹는다면 자리를 박차고 뛰쳐나갈 수도 있을 것이다.

"내가 제일 좋은 방법 알려 주지. 지금 날 죽이고 도망치는 거야. 그러면 나를 배제한다는 목표 하나는 성공하는 것 아닌가? 날 죽이고 돌아가면 너네 성녀님이 아주 기쁘게 맞이해 줄걸."

"……."

"보아하니 교단이랑도 꾸준히 연락을 주고받은 것 같은데. 내가 무슨 짓을 하고 다녔는지는 그쪽도 잘 알 거 아냐."

첼탄은 여전히 대답하지 않았다.

아렌트가 은근히 권유하듯 말을 이었다.

"실비안 대장만큼 우리 단장도 제법 유능한 사람이거든. 아마 이 은신처도 곧 알아내겠지. 그때는 너도 끝장이야."

"웃기는군. 지금껏 황실 기사단이 저지른 일들을, 네 목숨 하나로 전부 갚을 수 있다고 생각하나?"

"내 목 하나면 충분하지. 오히려 차고 넘치는 거 아닌가? 너무 욕심부리는 것도 안 좋아, 첼탄."

한참의 침묵 끝, 첼탄이 비릿하게 웃음을 흘리자 아렌트가 느긋하게 대답했다.

"아까 그 보석이 주술의 핵심이지? 보아하니 아이들을 한꺼번에 죽이는 것도 당신 몸에 꽤 부담 가는 일일 것 같은데. 차라리 성물은 포기하고 내 목이라도 가져가."

"……웃기는군. 동료들의 발목을 잡을 바에야, 차라리 목숨을 버리겠다는 건가?"

"발목 잡는다고 해서 잡힐 인간들도 아냐. 난 지금 진지하게 당신 입장에서 제안하는 거라고."

아렌트가 그를 올려다보며 피식 웃었다.

"이대로 나랑 같이 도망치는 것도 나쁘지 않지. 어차피 엘프 왕국 바깥에 악신교가 마중 나와 있을 텐데, 그러면 그쪽이랑 합류하는 게 나을지도 모르잖아. 지금이면 순순히 따라가 줄게."

아렌트의 눈매 사이에서 황금색 눈동자가 반짝였다.

첼탄은 저도 모르게 넋을 놓고 그의 말을 경청하고 있었다는 사실을 깨달았다.

으득 이를 깨문 첼탄이 짓씹듯 내뱉었다.

"죽이는 건 언제든지 할 수 있어. 난 성물을 되찾을 거다. 실패하면 너와 나, 둘이 함께 죽는 거다."

"흠, 재미없는 선택을 하네. 뭐, 좋아."

입을 비죽이는 척하던 아렌트가 다시 벽에 등을 툭 기댔다.

"어디 한번 같이 기다려 보자고. 그 사람들이 어떻게 나올지 나도 궁금하니까."

어쩐지 묘하게 이질감이 느껴지는 말이었다.

대의를 위해서는 죽어도 상관없다는 식의 초연함인지, 아니면 자신이 죽을 리 없다는 확신인지조차도 구분하기 힘들었다.

뭐라 대꾸하려던 첼탄은 그냥 입을 다물어 버렸다.

더 이상 말을 섞으면 속수무책으로 말려들 것 같은 직감이 든 탓이었다.

대장로의 집무실에서 나온 라이오스는 곧장 실비안과 자카르를 찾았다.

"대장로님께서 일시적으로 지휘권을 위임해 주셨습니다. 양해 부탁드립니다, 실비안 대장님."

회담이 어떻게 흘러갔는지는 그 한마디만으로 충분했다.

실비안이 굳은 얼굴로 고개를 끄덕였다.

"그렇게 됐군요. 알겠습니다. 안개숲 초입에서 배신자의 흔적이 발견됐습니다. 그쪽으로 안내하겠습니다. 전사들을 최대한……."

"아니요, 괜찮습니다. 길잡이 역할만 해 주시면 됩니다."

라이오스가 거절하자 실비안은 당황하고 말았다.

"하지만 적이 어떻게 나올지 모릅니다."

"정말로 괜찮습니다. 안개숲 내부 안내만 해 주신다면 나머지는 저희가 알아서 하겠습니다."

그녀가 다시 권했지만 라이오스는 단호했다.

그가 뜻을 굽히지 않을 것을 직감한 실비안은 착잡한 얼굴로 고개를 끄덕였다.

"알겠습니다. 그러면 저와 교관님이 함께하겠습니다."

"감사합니다. 아서, 리히트, 가자. 왕자님도 부탁드립니다."

라이오스가 근처에서 대기하던 세 사람을 불러들였다.

부대장인 사할린에게 전사들의 통솔을 맡긴 뒤, 실비안은 자카르와 함께 그들을 이끌고 안개숲으로 향했다.

해가 뜨기까지는 아직 몇 시간이나 남은 깊은 밤.

여섯 명의 수색대는 안개숲을 향해 걸음을 옮겼다.

가장 선두에 선 실비안은 입을 꾹 다문 채 아무런 말도 하지 않았다.

자카르 역시 꽤 착잡한 얼굴이었다.

그녀의 뒷모습을 가만히 응시하던 라이오스가 운을 뗐다.

"전사들의 실력을 믿지 못해서가 아닙니다."

"예?"

마치 속마음을 들킨 듯, 실비안이 흠칫하며 뒤를 돌아보았다.

라이오스가 재차 되풀이해 주었다.

"교관님의 가르침을 받고 대장님의 통솔 아래에 있는 전사들이 무능할 리 없습니다. 그들이 강하다는 것은 저 역시 잘 압니다."

"……죄송합니다. 말이 나온 김에 여쭙겠습니다. 그렇다면 어째서 지원을 거절하셨습니까?"

잠깐 입을 다물고 있던 실비안이 물었다.

라이오스가 다소 심란한 표정을 짓자, 옆에 있던 리히트가 대신 대답했다.

"못 볼 꼴을 보여 드릴 듯해서 그런 겁니다."

"예?"

"상황이 정상적으로 돌아가지 않을 가능성이 크니 말이죠."

"예……?"

실비안이 어리둥절한 목소리를 내자 르웰린이 쓴웃음을 지었다.

잠자코 있던 자카르가 입을 열었다.

"……혹시 배신자와 협상하실 생각이십니까?"

누가 뭐래도 지금은 어린아이들이 인질로 잡힌 상황이었다.

전사든 기사든 적에게 붙잡혀 목숨을 구걸하는 짓은 남에게 보일 만한 것이 아니었다.

그러니 황실 기사단의 자존심을 지키기 위해 최대한 적은 인원만을 추렸다고 자카르는 추측한 것이다.

하지만 아서는 간단히 그의 말을 부정했다.

"그럴 리가요. 협상이 통할 상대가 아니죠."

"아까 듣자 하니 첼탄은 여러분이 가진 보물을 탐내는 것이라고 했는데, 그렇다면 협상의 여지가 있는 것 아닙니까?"

"아뇨, 그 첩자 말고…… 아니다. 이건 길게 말씀드려 봤자 지금은 이해 못 하실 겁니다."

자카르가 되묻는 말에 아서가 대충 얼버무려 버렸다.

그들은 얼마 지나지 않아 자카르와 아렌트가 한바탕 싸웠던 안개숲 입구의 초입을 지나쳤다.

거기서부터 발걸음이 눈에 띄게 느려졌다.

몇 걸음 더 가지 않아서 짙은 안개가 일행을 둘러싼 탓이었다.

밤의 숲은 더욱 어두웠다.

게다가 낮에도 앞을 분간하기 어렵게 만드는 안개까지 시야를 방해했다.

그래도 일행은 제법 순조롭게 나아갔다.

아서가 투덜거렸다.

"정령이 자아낸 안개라니…… 확실히 평범하지는 않네요."

"안개숲 깊은 곳에는 정령이 삽니다. 안개숲 종족의 정령석 역시 대부분 안개숲 안에서 생산됩니다."

간단히 설명하는 실비안에게 리히트가 질문했다.

"인간이 함부로 침범해도 괜찮은 겁니까?"

"너무 깊은 곳까지만 들어가지 않으면 괜찮습니다. 대부분의 정령은 다른 생명체에게 관대하니까요. 그러니 적도 그리 멀리 가지는 못했을 겁니다."

"숲의 중앙부터는 안개가 없어진다고 해. 거긴 오직 정령사에게만 허락되는 공간이라고…… 어?"

말을 덧붙이던 르웰린이 갑자기 걸음을 멈췄다.

뭔가가 발에 걸린 탓이었다.

라이오스가 뒤를 돌아보았다.

"왜 그러십니까?"

"뭐가 있는데…… 잠깐만."

그가 몸을 숙여 바닥에서 길쭉한 것을 집어 들었다.

검병에 박힌 마정석 몇 개가 짙은 안개 속에서 반짝였다.

그게 뭔지 알아본 르웰린의 눈이 크게 떠졌다.

"그 자식 검이잖아?"

분명했다.

화려한 장식 사이에 마정석이 박힌 검은 분명 아렌트의 것이었다.

리히트가 어둠 속에서 길을 분간하려 애쓰며 주변을 둘

러보았다.

"이쯤에서 무장을 해제당한 것 같습니다."

"끄응…… 길이 엇갈린 게 아니라 다행이라고 해야 하나, 이걸."

짧게 투덜거리며 르웰린이 검을 라이오스에게 건네주었다.

라이오스가 넘겨받은 검을 갈무리하는 사이, 자카르가 일행을 재촉했다.

"서둘러야겠습니다."

"괜찮습니다. 아직 아무 일도 안 일어났으니까요."

하지만 라이오스는 여전히 침착했다.

뭐라 더 말하려던 자카르는 이내 그게 주제넘은 짓이라는 걸 깨닫고는 다시 입을 닫았다.

그들은 피부에 달라붙는 안개를 뚫고서 다시 천천히 걷기 시작했다.

그리고 약 두어 시간 뒤.

안개가 약간 옅어진 작은 공터에서 그들은 허름한 오두막을 발견했다.

* * *

시간이 지날수록 첼탄은 바쁘게 움직였다.

어지러운 연구실 안에서 꼭 챙겨 나가야 할 것들을 정리해 가방에 넣었고, 그렇지 않은 것들은 하나씩 폐기했다.

"……."

구석에 처박힌 채 그 모습을 물끄러미 보던 아렌트는 고개를 돌렸다.

더러운 창문 바깥에 보이는 것은 불길한 어둠과 안개뿐이었다.

달빛이나 별빛도 전혀 들지 않고, 첼탄이 켜 둔 작은 초 하나만이 일렁이며 간신히 오두막 안의 물건을 분간할 수 있게 해 주었다.

'빛과 어둠의 반목이라.'

빛과 어둠은 양면의 동전 같은 존재였다.

그걸 생각하면 두 신이 서로 닮은 모습을 한 것도 이상한 일은 아니었다.

"네 조부 때부터 어둠의 신을 따랐다면서?"

"……그렇지."

잠깐 뜸을 들이던 첼탄이 대답했다.

아렌트는 창문 밖에서 시선을 떼지 않고 계속해서 질문을 던졌다.

"체르니온을 따랐다면 그쪽 부친도 살아남지 못했을 텐데. 혼자 남은 당신이 굳이 신앙을 지킨 이유가 있나?"

"이상한 질문이군."

탁.

오래된 상자를 덮으며 첼탄이 몸을 돌렸다.

"그리 쉽게 잊혀지는 원한이 있던가. 내 가족을 죽인 건 빛의 신인데."

"아하, 원한이라…… 그렇다면 어느 정도 이해는 되네. 일단 당신의 신앙은 복수심이란 거군."

아렌트가 애매하게 고개를 끄덕였다.

차라리 이쪽이 납득하기 편했다.

루미엘 신관이나 라이오스의 신앙은 아마 다른 형태일 테니까.

첼탄이 눈썹을 구겼다.

"신성제국의 기사 주제에, 제법 불경한 말이 아닌가?"

"신성제국의 기사라고 해서 꼭 독실해야 한다는 법은 없지. 나는 탕아라서."

느긋한 대답에 첼탄은 더욱 이해할 수 없다는 표정이 되었다.

"꼭 신에게 기도하지 않는다는 말처럼 들리는데."

"맞아."

"그렇다면……."

잠시 말을 끊은 첼탄이 충동적으로 물었다.

"신앙이 없다면, 어째서 이렇게까지 하는 거지?"

본단과 연락이 닿은 뒤로, 첼탄은 이따금 아렌트가 바

깥에서 벌인 일에 대해 전해 들었다.

성물을 강탈하고 '부서진 심장의 검' 일원을 몇이나 처단했다.

그 과정에서 본인도 몇 번이나 목숨의 위협을 겪었을 게 분명했다.

루체 신의 광적인 신자나 할 만한 짓이었다.

아렌트가 담백하게 대답했다.

"해야 할 일이니까."

"뭐?"

"어쩌겠어. 재수가 지지리 없어서 이렇게 된걸."

첼탄이 인상을 쓰며 묻자 아렌트가 어깨를 으쓱했다.

"시간이 다 된 것 같은데. 뭐 마지막으로 할 말은 없나?"

"그게 무슨……"

거기까지 말한 첼탄이 입을 다물었다.

바깥의 짐승들이 소란스러워진 것을 느낀 탓이었다.

첼탄이 침착을 되찾고 짧게 말했다.

"온 모양이군."

그는 책상 위에 올려 둔 단도를 쥐었다.

고작 이 정도로 기사들과 전사들을 상대할 수 있을 거라 생각하는 건 아니었다.

하지만 이 애송이 기사를 인질 삼아 협박하는 것 정도

는 가능할 것이다.

첼탄을 물끄러미 응시하던 아렌트가 입을 열었다.

"좀 늦은 조언이긴 한데, 내가 뭐 하나 알려 줄까?"

* * *

모두가 약속이라도 한 것처럼 걸음을 우뚝 멈췄다.

자카르와 실비안은 조마조마한 마음으로 라이오스를 보았다.

"저기군."

조용히 오두막을 응시하던 라이오스가 짧게 말했다.

안쪽에서 미미한 기척이 느껴졌다.

동시에 오두막을 둘러싼 인간 아닌 것들의 존재감도 느껴졌다.

잠깐 생각하던 라이오스가 다시 입을 열었다.

"아서, 리히트. 준비해라."

"예."

자연스레 두 사람이 검을 뽑아 들었다.

"그르륵······."

안개 너머에서 짐승이 목울대를 긁는 소리가 들려왔다.

짐승 구울 몇 마리가 오두막을 둘러싸고 있는 것 같았다.

라이오스는 다음으로 르웰린을 불렀다.
"왕자님, 부탁드립니다."
"알겠어."
르웰린이 드래곤 본 아티팩트를 쥐고 앞으로 나섰다.
자연스럽게 전투태세를 취하는 모습에 자카르와 실비안은 당황하고 말았다.
"잠깐. 안에 아렌트 경이 있는 것 아닙니까?"
"그렇습니다. 안에서 기척이 느껴집니다."
실비안이 급하게 묻자 라이오스가 담백하게 대답했다.
이번에는 자카르가 참지 못하고 끼어들었다.
"함부로 공격을 감행했다가는 무슨 일이 벌어질지 모릅니다."
견습 기사의 신변에 문제가 생긴다면 그거야말로 대참사였다.
하지만 라이오스는 뜻을 굽히지 않았다.
"괜찮습니다."
"아렌트 경이 어찌 되어도 상관없다는 말씀이십니까?"
"아니요, 그게 아니라……."
라이오스는 자연스레 검을 뽑아 들었다.
자신의 것이 아닌, 아까 회수한 아렌트의 검이었다.
"이 정도로 어떻게 될 리가 없다는 뜻입니다."
"그거 아십니까?"

단장의 말에 뒤이어 아서가 입을 열었다.
"아렌트는 인질로서 가치가 없습니다."
실비안과 자카르는 정말로 당황하고 말았다.
"뭐? 그게 무슨……."
"죽여도 안 죽을 놈이거든요, 그놈은."
아서의 입가에 묘한 웃음이 드리웠다.
실비안이 그게 무슨 뜻이냐고 캐묻기도 전, 르웰린이 행동을 개시했다.
아티팩트를 있는 힘껏 발동한 것이다.
"……!"
두 엘프는 그저 바라보는 수밖에 없었다.
돌풍이 휘몰아치며 짙은 안개를 흩어 버리자 밤하늘을 가르고 찬란한 달빛이 쏟아졌다.
숨어 있던 오두막이 모습을 드러내고, 주변을 지키던 구울들이 사납게 짖으며 달려들었다.
르웰린과 라이오스를 당장이라도 찢어 버릴 기세였던 구울의 이빨과 발톱은, 때마침 끼어든 리히트와 아서의 검에 싱겁게 가로막혔다.
그들 쪽으로는 눈길도 주지 않고, 라이오스 역시 마력을 운용했다.
강한 자의 그림자가 부여한 힘이 아렌트의 검에 모였다.

* * *

"……인질로 가치가 없다고?"

아렌트의 말을 퍼뜩 이해하지 못한 첼탄이 되물었다.

견습 기사가 가볍게 어깨를 으쓱했다.

"그렇게 애틋한 동료 관계는 아니거든."

창문 옆의 벽에 기대앉은 아렌트의 선명한 금안이 어둠 속에서 고운 곡선을 그렸다.

"기회 되면 직접 패 버리고 싶은 얄미운 배신자 새끼라, 지금도 저쪽은 어떻게 하면 나한테 한 방 먹여 줄지 고민하고 있을걸?"

명백한 비웃음을 머금은 두 눈동자는 마치 안개 속에 휘영청 뜬 황금색 달 같았다.

상황과는 맞지 않은 비현실적인 광경에 첼탄이 잠시 넋을 놓은 찰나.

콰아앙!

낡은 오두막이 휘청일 정도의 돌풍이 거세게 몰아쳤다.

한순간에 안개가 흩어지며 달빛이 깨진 창문 안으로 쏟아져 들어왔다.

"어?"

미처 당황할 틈도 없었다.

쨍그랑!

다음 순간, 검 한 자루가 창문을 통해 날아든 것이다.

검은 그를 아슬아슬하게 스치고 등 뒤의 벽에 콰득 박혀 들었다.

무슨 일이 벌어졌는지 첼탄은 이해하지 못했다.

"……."

찢어진 뺨에서 피가 주룩 흘러내리는 것도, 아렌트가 행동을 개시했다는 것도 알아차리지 못했다.

아렌트가 깨진 유리 조각을 주워 손목을 묶은 끈을 끊어 낼 때까지 3초.

벽에 처박힌 채 아직 파르르 떨리고 있는 검을 뽑을 때까지 10초.

간신히 상황을 파악한 첼탄이 아이들에게 건 주술을 발동하려 시도한 것이 11초째.

15초가 된 순간.

달빛을 품어 은빛으로 번뜩인 검이 첼탄의 목을 쳐 냈다.

자카르와 실비안이 무기를 꺼낼 틈도 없었다.

라이오스까지 가세하자 늑대를 닮은 구울들은 순식간에 정리되었다.

그리고 다시 안개가 몰려들 무렵, 오두막 안에서 아렌트가 나타났다.

그의 손에는 방금 라이오스가 창문을 향해 투척한 검이

들려 있었다.

하얀 도신과 얼굴에 튄 피가 안에서 무슨 일이 있었는지 대변해 주었다.

"미쳤어요?"

뺨에 묻은 피를 대충 문질러 닦으며 아렌트가 불평을 터뜨렸다.

"하마터면 저까지 골로 갈 뻔했잖아요."

"다른 방법이 없었다. 그런 걸로 불평할 거면 애초에 말없이 사라지질 말았어야지."

하지만 라이오스는 눈 하나 깜빡하지 않았다.

쯧, 혀를 찬 아렌트가 아무렇지도 않은 얼굴로 일행에 합류했다.

"첼탄은 죽였습니다. 사실 생포하고 싶었는데, 그러기엔 주술이 마음에 걸려서요. 아마 지금쯤 애들한테 걸린 주술은 풀렸을 거예요."

"잘했다. 다친 곳은?"

"딱히."

라이오스는 태평하게 대꾸하는 아렌트를 요모조모 뜯어보았다.

유리 조각에 긁힌 생채기를 제외하고는 큰 부상은 보이지 않았다.

그제야 안도한 라이오스는 주먹을 살짝 쥐었다.

그리고 아무런 예고 없이 아렌트의 뒤통수를 호되게 때렸다.

"악!"

"내가 몇 번이나 말했을 텐데. 사고 치려면 미리 말이라도 하라고."

"제가 몇 번이나 말씀드렸잖아요. 꼬우시면 좀 더 빨리 움직이시든가요."

얻어맞은 곳을 쓰다듬은 아렌트가 짜증스레 쏘아붙였다.

라이오스는 다시 한번 손을 들어 이번에는 아렌트의 이마에 딱밤을 먹였다.

"아!"

곧이곧대로 두 번째 공격에 당한 견습 기사가 구시렁거리며 단장에게서 멀찍이 달아났다.

아니, 달아나려 했다.

하지만 라이오스가 그 전에 아렌트의 어깨를 덥석 잡아챘다.

"왜 이래요, 진……."

짜증 내던 아렌트가 멈칫했다.

라이오스의 푸른 눈에 선명한 노기가 서린 것을 알아본 거였다.

도망치지 못하도록 견습 기사의 양쪽 어깨를 꽉 붙잡은

단장이 또박또박 말했다.

"두 번 다시 이런 짓은 하지 말도록."

"……."

서슬 퍼런 목소리에 아렌트는 한순간 얼어 버렸다.

하지만 그것도 잠시, 퍼뜩 정신을 차리고 황당하게 불평을 늘어놓았다.

"어차피 약해 빠진 엘프였는데요, 뭐. 잔당 없는 것도 확인했고, 그래 봤자 구울 몇 마리뿐이었잖습니까. 검을 그렇게 무시무시하게 던진 사람이 누군데……."

하지만 라이오스는 물러서지 않았다.

"잔말 말고 대답이나 해라."

"……."

"대답."

꽈악.

어깨를 붙잡은 손아귀에 더욱 힘이 들어갔다.

이번에야말로 아렌트는 말문이 막혔다.

코앞까지 다가온 새파란 눈에 불꽃이 일렁이고 있었다.

원하는 대답을 듣기 전까지는 절대로 놓아주지 않을 기세였다.

이럴 때는 방법이 없었다.

결국 아렌트가 슬쩍 시선을 피하며 먼저 꼬리를 내렸다.

"……알겠어요. 다음엔 안 그럴게요. 됐습니까?"

"끝까지 잘못했다고는 안 하는군."
"내가 혼날 줄 알았어, 너."
옆에서 리히트와 아서까지 잔소리를 늘어놓자 아렌트가 신경질을 터뜨렸다.
"뭐 어쩌라고요! 불만 있으면 선배들이 먼저 대장로님 멱살이라도 잡았어야죠."
"네 정신 나간 사고방식을 어떻게 따라가라고."
아서 역시 지지 않고 쏘아붙였다.
자연스레 두 사람이 싸우기 시작하자, 라이오스는 짧게 한숨을 내쉬고 아렌트를 놓아주었다.
몇 걸음 떨어진 곳에서 그 꼴을 구경하던 자카르가 중얼거렸다.
"……다들 정상이 아니군."
고작 몇 시간 전에 알타이르가 똑같은 말을 했다는 건 그는 결코 알지 못할 터였다.
"이래서 전사들이 필요 없다고……."
실비안 역시 어처구니없이 중얼거렸다.
설마 이런 식으로 해결할 줄은 전혀 예상치 못했다.
협상은커녕, 얼굴을 마주할 생각조차 없었던 것이다.
견습 기사를 걱정하지 않는다는 건 거짓이었다.
하지만 걱정하면서도 이런 짓을 벌였다는 게 더 어처구니없었다.

"대장님, 자카르 님. 그거 아세요?"

그때, 르웰린이 슬그머니 끼어들었다.

"저놈의 온갖 잔기술 때문에 가끔 잊어버리는 게 있는데…… 저놈, 검술 천재랍니다."

"예?"

"벌써 황실 기사단에 입단한 거 보면 말 다 한 거죠. 남들은 아카데미나 막 졸업했을 때인데."

실비안과 자카르의 입이 딱 다물렸다.

"집채만 한 괴물이 튀어나오거나 하는 게 아니면 어지간한 일은 검 하나만 던져 줘도 해결 가능하단 뜻이에요…… 물론 진짜 검을 냅다 던질 줄은 몰랐지만."

주술에 걸린 어린아이들 때문에 발목 잡힐까 걱정한 것도 그저 기우였던 듯했다.

멍한 얼굴을 한 두 엘프에게 빙그레 웃어 준 르웰린이 아직도 티격태격하는 기사들을 향해 외쳤다.

"언제까지 싸울 거야? 복귀해서 수습해야지. 장로님들이 목 빠지게 기다리고 계실걸."

그제야 아서와 아렌트가 드잡이를 멈췄다.

투덜거리며 이쪽으로 다가오는 이들을 응시하는 르웰린의 눈에 슬쩍 심란함이 스쳤다.

'……또라이 같은 놈들.'

진짜 무서운 건, 아렌트의 의도를 읽고 그에 맞춰 움직인 라이오스였다.

재미있는 연극이라는 말은 틀리지 않았다.

덕분에 첩자는 목숨을 잃었고 대장로는 권위를 잃었지만.

그 엄청난 결과에 비해 기사들은 지나치게 태평해 보였다.

'분명 처음 봤을 때는 이 정도까지는 아니었던 것 같은데.'

역시 제정신 아닌 놈과 어울리려면 같이 정신을 놔야 하는 건지.

누가 제일 미친놈인지 꼽는다면 당연히 아렌트였다.

그러나 이쯤 되면 라이오스 단장을 포함한 다른 기사들도 정상처럼 보이지는 않았다.

* * *

숲의 초입까지 다다랐을 때, 아렌트가 묘한 얼굴로 주변을 두리번거렸다.

아서가 의아하게 물었다.

"왜 그래?"

"아뇨…… 아까 들어갈 때는 엄청 오래 걸렸던 것 같아서요. 생각보다 가깝네요."

뒤를 힐끗 돌아보며 아렌트가 말하자 르웰린이 끼어들었다.

"얼마나 걸렸는데?"

"자세히는 모르겠지만, 서너 시간 정도?"

"그래? 너 찾으러 들어갔을 때도 그렇게까지 오래 걸리지는 않았는데."

아서가 어리둥절하게 고개를 갸웃했다.

"정령의 힘이다."

그때, 가만히 듣던 자카르가 끼어들었다.

기사들의 시선이 자연스레 그에게 모였다.

"정령들이 첼탄을 방해한 거겠지. 그가 길을 쉽게 찾지 못하도록. 그리고 우리가 헤매지 않도록 인도해줬을 거다."

"흐음…… 그럼 진즉 안개숲에서 헤매다 굶어 죽게 만들 수는 없었대요? 보아하니 그 오두막도 몇 년 동안 아지트로 사용한 것 같던데."

아렌트가 비딱하게 묻는 말에 실비안이 덧붙여 설명했다.

"안개숲 초입의 정령한테 그 정도의 힘은 없어. 이따금 어린애나 노약자는 길을 잃는 사고를 당하곤 하지만, 첼탄은 마력을 능숙히 다루는 자였고."

"그럴 때도 이따금 정령의 도움을 받아 무사히 빠져나오는 경우가 있긴 하다. 하지만 그리 자주 있는 일은 아니지."

거기까지 말한 자카르가 눈동자만을 데굴 굴려 아렌트

를 보았다.

"정령들도 첼탄을 어지간히 쫓아내고 싶었던 모양이지. 아니면 널 돕고 싶었다거나."

"아마 전자 아닐까 싶은데요. 정령이 득시글대는 곳에서 구울 같은 걸 키웠으니."

아렌트가 어깨를 으쓱했다.

"그나저나 아까 그 괴물은 뭐지? 그게 구울인가?"

"구울이라고 완전히 정의하기는 좀 애매한데요. 자세한 이야기는 이따가 한꺼번에 하죠."

교관에게 담백하게 대꾸한 아렌트가 양손에 든 상자를 슬쩍 들어 보였다.

"아무래도 논의해야 할 게 많을 것 같거든요."

시신은 수습하지 못했지만, 오두막에서 여러 가지 물건을 회수해 온 그들이었다.

첼탄이 도망치기 전 미리 중요한 물건을 챙겨 놓았던 것을 고스란히 들고나온 것이다.

"대장로님이 기절하지나 않으실지 모르겠네요."

"네가 없어진 시점에서 이미 기절하기 직전이셨다만."

라이오스의 한숨 섞인 대답이 돌아왔지만 아렌트는 무시해 버렸다.

안개숲 구역을 거의 벗어날 무렵, 먼동이 터오기 시작했다.

* * *

 다행히도 아이들에게 새겨졌던 문양은 몇 시간 지나지 않아 사라졌다.

 혼란이 가라앉기를 기다린 라이오스는 개인실에 틀어박힌 대장로 대신 폴라리스 장로에게 부탁해 회의를 소집했다.

 헤일로와 알타이르 외의 모든 장로들이 회당에 모였다.

 마치 큰 죄라도 지은 것처럼 하나같이 어두운 얼굴들이었다.

 당연한 일이었다.

 도난당한 정령석 일부를 되찾아 준 것도, 내부의 첩자를 찾아낸 것도, 그 과정에서 위험을 감수한 것도 모두 다 인간들의 공이었으니까.

 그런 와중에 대장로와 마찰을 빚고, 대장로석까지 비어 있으니, 장로들은 차마 고개를 들지 못했다.

 "……노고에 감사드립니다, 라이오스 단장. 아렌트 경이 무사해서 진심으로 다행입니다."

 그나마 표정을 관리해 낸 폴라리스 장로가 라이오스에게 고개를 꾸벅 숙였다.

회의실을 채운 이들을 둘러본 라이오스가 짧게 물었다.
"대장로님은 안 계십니까?"
"예, 몸 상태가 좋지 않으시다고……."
다른 장로가 대신 변명하다 말을 흐렸다.

알타이르는 지금 장로들이 느끼는 부담감과 패배감, 그리고 부끄러움에 몇 배 이상으로 짓눌렸을 것이다.

이대로 조용히 은퇴해 버린다고 해도 이상한 일은 아니었다.

지금이라면 다른 장로들 역시 그 결정을 받아들일 터였다.

썩 마음에 들지 않는 대답에 아렌트의 눈썹이 살짝 휘었다.

"그래서 지금 도망……."
치겠다고요, 라는 말이 채 끝까지 나오기도 전.
라이오스가 불쑥 한 마디를 내뱉었다.
"모시고 오십시오."
"예?"
명령조의 말에 장로가 얼빠진 소리를 냈다.
아렌트 역시 눈을 크게 뜨고 입을 다물었다.
라이오스는 아렌트를 제치고 한 걸음 성큼 앞으로 나섰다.
"대장로님을 모시고 오십시오."

"아, 아니, 하지만…… 라이오스 단장, 방금 말씀드렸다시피 대장로님은……."

"대장로님의 건강이 악화되신 것은 유감스럽게 생각합니다. 그간 많은 일이 있었으니 심려가 많으셨단 것 또한 잘 압니다. 하지만."

장로의 말을 중간에 끊어 버린 라이오스가 차분하게, 하지만 싸늘하기 그지없이 말을 이었다.

"저희가 그 사정을 하나하나 헤아려 드려야 합니까?"

"……."

장로가 입을 다물어 버렸다.

뒤에 시립한 기사들과 르웰린도 눈을 휘둥그레 뜨고 라이오스의 뒷모습을 멍하니 바라볼 뿐이었다.

"대장로님께서 들으셔야 할 것도, 수습하셔야 할 것도 많습니다. 휴식은 그다음이 되어야 할 것입니다. 이것은 다름 아닌 엘프 왕국이 걸린 일입니다."

엘프들을 하나하나 천천히 눈에 담듯 둘러보며 라이오스가 또박또박 덧붙였다.

"충격을 받아 쉬시는 것도, 부끄러움을 이기지 못해 은퇴하시는 것도 이해합니다. 하지만 지금은 아닙니다. 대장로님께서는 모든 것을 책임지실 의무가 있습니다."

지독하게도 정중했지만 그 속에 녹아든 시퍼런 예기가 노골적으로 드러났다.

잘 벼린 칼날 같은 푸른 눈동자가 장로들을 조용히 노려보았다.

"물러나시는 것은 제대로 된 수습과 사죄 이후의 일입니다."

"……."

"최소한의 염치가 아직 남아 있으시다면."

엄청난 압박감을 뿜어내는 기사단장 앞에서, 아무도 이의를 제기할 생각을 하지 못했다.

아서가 아렌트의 옆구리를 꾹 찌르며 작게 속삭였다.

"너 때문이야, 이 자식아."

"……."

뭐라 대꾸하려던 아렌트는 그냥 입을 다물어 버렸다.

차마 부정할 말을 찾지 못한 탓이었다.

떨떠름한 눈으로 단장의 뒷모습을 응시하는 견습 기사를, 선배들과 르웰린은 꽤 즐거운 마음으로 구경했다.

라이오스의 분노를 고스란히 받아 내는 장로들은 죽을 맛이었지만, 그거야 그들이 알 바 아니었다.

4장. 평화는 무정하다

평화는 무정하다

분노한 라이오스의 기세는 대단했다.

심지어는 아렌트마저 입을 다물고 물러서 있을 정도였으니 말 다 한 셈이었다.

순식간에 회의실을 휘어잡은 라이오스는 끝끝내 알타이르 대장로를 끌어내 상석에 앉혀 놓았다.

그러고는 아주 정중하고 예의 바르며 동시에 위협적인 어조로 조곤조곤 말을 이었다.

"지난 일은 어쩔 수 없습니다. 하지만 이후에는 똑바로 책임지셔야 할 것입니다. 그것이 지도자의 의무니까요."

대충 요약하자면 이런 말이었다.

우리 견습 기사가 개고생을 해 가며 지클린을 저지하고 엘프 왕국 내의 첩자까지 찾아냈다.

하마터면 큰 해를 입을 뻔한 어린아이들도 구해 냈는데, 그동안 손 놓고 있던 당신들은 이 사태에 어떻게 책임을 질 것이냐.

"……알겠습니다."

결국 안개숲 종족의 장로들은 두 손 두 발을 다 들고 말았다.

그들은 독단적으로 항구를 막은 까닭을 모두 솔직하게 밝히고, 지클린이 악신교 중추에 합류했다는 사실을 다른 왕국에 알리기로 했다.

그리고 다른 왕국에게 2왕국에서 벌어진 일을 모조리 공유한 뒤, 이후의 대처 방안에 대해서 대대적으로 논의하겠다고 약속했다.

알타이르 대장로는 그것을 모조리 처리하고 제대로 된 인수인계를 끝내고 나서야만 물러날 수 있게 되었다.

알타이르는 이제 정말로 도망치지 못하게 된 것이다.

그에게는 대장로직을 내려놓는 것보다 더한 벌이었다.

"비공개하신 자료들도 모두 공유해 주십시오. 칼리온 제국이 악신교와 대적하는 데에 큰 도움이 될 것입니다."

"하지만 그것은……."

누군가가 간신히 입술을 달싹였지만 라이오스는 간단히 일축해 버렸다.

"문제 있습니까?"

스산하게 가라앉은 목소리에 엘프들은 순식간에 꼬리를 내렸다.
"……아닙니다."
결국 폴라리스 장로가 가지고 입국한 책도 넘겨받기로 한 뒤에야 라이오스는 분노를 거두었다.
사색이 된 장로들과 혼이 빠져나간 대장로, 그리고 얼굴색 하나 변하지 않는 라이오스를 번갈아 본 아렌트가 꺼림칙한 표정을 했다.
'……잠깐 잊고 있었네.'
최근 들어서 매번 속 쓰린 얼굴로 한숨만 푹푹 내쉬어 대지만, 라이오스는 결코 만만하게 볼만한 사람이 아니었다.
정의롭고 올곧으며 늘 이성적인 판단을 내리는 라이오스.
그의 역린은 제 부하들이었다.
물러 터진 주제에, 라이오스는 부하들에게 직접 사지로 향하라는 명령을 내릴 수밖에 없었다.
그 사실에 자책하고, 죽은 부하의 목숨 하나하나를 자신의 책임으로 돌리기도 했다.
'그러면서 입으로는 명예로운 죽음 따위의 말을 주워섬겨야 했으니.'
피를 토하는 심정이었겠지.

그러면서도 결국 꺾이지 않았다는 게, 라이오스가 주인공이며 영웅일 수 있는 까닭이었다.

 물론 지켜보는 입장에서는 속 터질 일이었지만.

 주인공의 역린에 자신이 포함된다는 걸 자각하는 건 별로 즐거운 일은 아니었다.

 "아렌트."

 상념에 잠겨 있던 아렌트가 퍼뜩 정신을 차렸다.

 여전히 언짢아 보이는 라이오스가 이쪽을 바라보고 있었다.

 아렌트는 몇 초의 시간이 지나고 나서야 자신이 나설 차례라는 걸 깨달았다.

 아렌트는 시치미를 뚝 떼고 귀찮다는 표정을 지었다.

 "제가 설명해요? 피곤한데."

 "잔말 말고 와라."

 "칫."

 툴툴대며 그의 옆으로 간 아렌트는 첼탄의 연구실에서 회수한 물건들을 테이블 위에 한꺼번에 내놓았다.

 쿵.

 육중한 소리를 내며 서류 더미와 상자 몇 개가 올라오자 장로들이 몸을 움찔거렸다.

 아렌트는 삐딱한 자세로 서서 운을 뗐다.

 "일단…… 첼탄이라는 자가 지클린을 꼬드겼다는 건

확실합니다. 지클린의 연구실에서 발견된 거랑 똑같은 자료가 몇 개 나왔거든요."

그가 자료들 중 몇 개를 뽑아 장로들 앞에 밀어 주었다.

"첼탄의 서재에 생명 혼합 연금술에 관한 책이 여러 개 남아 있더라고요. 아마 지클린이 그걸 우연히 보고 관심을 가졌겠죠. 첼탄은 그런 지클린의 천재성을 알아본 걸 테고."

그래서 첼탄은 지클린을 키워서 내보내기로 결심했다.

은밀한 사제지간이 된 두 사람의 공동 연구가 시작되었다.

"간단히 필요한 것만 말씀드리겠습니다. 악신교에 구울을 만들어 내던 연금술사가 있었고, 그놈이 죽은 뒤에 새로운 타입의 구울이 나타나기 시작했다. 여기까지는 알아들으셨죠?"

연회 때 아렌트와 일행이 들려준 이야기였다.

"그 새로운 타입의 구울들이 바로 지클린의 작품이었어요. 온갖 게 쏟아져 나왔습니다."

구울처럼 죽은 뒤에 다시 살아난 것, 죽지도 않았는데 개조당한 것, 인간으로 만든 것 등등.

"지나칠 정도로 다양하다 싶었는데, 그게 다 호문쿨루스를 만들기 위한 연구 과정에서 태어난 놈들이었습니다. 그리고 첼탄의 연구실에서 호문쿨루스 제작법에 대한 자료들이 여러 개 나왔는데……."

아렌트는 다시 종이 몇 장을 골라 테이블 한가운데로 밀어 주었다.

"보신다고 아실지는 모르겠지만. 첼탄이 자료를 구해다 주고 지클린이 분석하는 식으로 협업해 온 모양이에요."

"잠깐만, 호문쿨루스라뇨?"

"아, 말 안 했던가? 지클린이 훔쳐 간 정령석으로 호문쿨루스를 만들어 냈거든요. 덕분에 그거랑 싸우다 뒈질 뻔했습니다."

청자를 전혀 배려하지 않은 화법에 장로들의 입이 쩍 벌어졌다.

라이오스가 덤덤히 답했다.

"거기까진 말씀 안 드렸다. 엘프와 협력할 수 있을지 없을지 미지수인 상황이었으니까."

"아, 그랬지. 그럼 지금 들으세요. 지클린이 만들어 낸 건 구울보다는 키메라 쪽에 더 가까웠고, 무슨 방법을 썼는지는 모르겠지만 정령석으로 호문쿨루스를 만드는 데까지 성공했어요."

"호, 호, 호문…… 그건 고대에 금지된…… 자연의 섭리를 거스르는 그런 괴물을…… 엘프가……."

엘프들은 이제 거의 혼이 빠져나간 상태였다.

하지만 아렌트에게 자비란 없었다.

"정령석으로 호문쿨루스를 만들겠다는 발상은 첼탄이

먼저 한 것 같습니다. 하지만 그놈에게는 능력이 부족했죠. 그리고 엘프 왕국 안에서는 연구를 더 이상 진행할 수 없었습니다. 재료가 부족했으니까요."

"재료라 함은……."

"인간은 워낙 많아서 몇 명쯤 잡아다가 실험체로 써 봤자 티도 안 나잖습니까. 근데 엘프는 그게 아니잖아요."

무시무시한 말이 튀어나오자 질문을 꺼낸 장로가 그대로 얼어붙어 버렸다.

"그리고 워낙 폐쇄적인 사회다 보니 다른 엘프들의 눈을 피하기도 힘들었을 테고. 고작 야생동물이나 몬스터를 몇 마리 잡아다가 하는 실험에는 한계가 있죠. 그래서 첼탄은 지클린을 내보내기로 결심하고, 정령석을 탈취한 겁니다."

"……그, 그리고 지클린은 악신교에 합류한 건가?"

간신히 정신을 차린 폴라리스가 힘겹게 물었다.

아렌트는 담백하게 고개를 끄덕여 주었다.

"네, 아마 첼탄이 미리 본단에 연락을 넣어 뒀겠죠. 아이 하나를 보낼 테니 데려가 달라고."

그렇게 지클린은 엘프 왕국에서 탈출해 무사히 악신교 측에 합류했다.

"하지만 첼탄 본인은 아직 왕국에 남아 있었죠. 같이 도망치지 않은 이유도 대충 짐작은 가는데……."

거기까지 말한 아렌트는 오래된 상자를 끌어냈다.

엘프들의 시선이 자연스레 모여들었다.

아렌트가 상자를 열자, 그 안에서 보랏빛의 주먹만 한 보석이 모습을 드러냈다.

오두막에서는 은은한 빛을 내던 보석이었지만, 지금은 마치 생명을 잃은 듯 차갑게 식어 있었다.

"꼬맹이들한테 갑자기 나타났다가 사라진 그 문양. 기억하시죠?"

확인하듯 묻는 말에 몇몇이 고개를 끄덕여 주었다.

"아마도 이게 아이들에게 건 주술의 매개체일 겁니다. 미완성품이겠지만요. 애들의 마력을 빼앗아서 이 보석에 가두는 거죠."

"마력을 빼앗는다고? 그게 가능한 일인가?"

"자아를 뺏는 것보다는 마력을 강탈하는 편이 더 쉽지 않겠어요?"

놀란 목소리에 아렌트가 어깨를 으쓱했다.

"여기서부터는 제 추측인데…… 아마 이것도 정령석을 인공적으로 만들기 위한 실험이었던 듯합니다. 단계적으로 천천히 마력을 흡수하고 있었을 거예요. 마력을 빼앗기는 애들도, 주변 어른들도 전혀 눈치채지 못하도록."

아이들이 모인 수업 시간이나 모두가 잠든 한밤중.

문양이 들키지 않을 시간만 골라서 조금씩 발동시켜 마력을 빼앗아 왔다.

그러다 조만간 정체가 들킬 위험에 처하자, 마음이 급해진 첼탄은 최대한 마력을 끌어모으기 위해 주술을 발동했다.

"원래라면 천천히 완성한 뒤 떠날 계획이었을 겁니다. 하지만 상황이 급변했으니, 급한 대로 마력을 끌어모은 뒤에 도망칠 생각이었겠죠. 아이들을 해칠 수 있다는 말도 그저 허풍은 아니었을걸요."

"……."

"첼탄의 주술은 지클린의 것과는 달리 어설프고, 심지어는 미완성인 상태였어요. 그 상태로 주술을 폭주시키면 분명 숙주가 된 아이들은……."

폭주한 마력이 역류해 끔찍한 고통 속에서 목숨을 잃었을 것이다.

말끝을 살짝 흐린 아렌트가 대장로를 힐끗 보았다.

"굳이 말하지 않아도 알아들으셨을 거라 믿습니다. 첼탄도 그 사실을 알고 있었겠죠."

"……."

알타이르는 텅 빈 눈으로 멍하니 정면을 응시하고 있었다.

"다른 건 첼탄의 오두막을 좀 더 조사해 봐야 알 수 있을 듯합니다. 그러니 주술 건에 대해서는 여기에서 접어 두도록 하고."

그에게서 무심하게 시선을 뗀 아렌트가 입을 열었다.

평화는 무정하다 〈173〉

"혹시 드래곤이랑은 좀 알고 지내는 사이에요?"

"……!"

엘프들에게는 더욱 기절할 만한 주제를 꺼낸 것이다.

천진난만한 아렌트의 목소리와는 상반되게, 찬물이라도 끼얹은 것 같은 정적이 흘렀다.

입을 쩍 벌린 장로들은 당장이라도 눈알이 튀어나와도 이상하지 않을 것 같은 모습이었다.

그건 실비안과 자카르 역시 별반 다르지 않았다.

"……."

뒤에서 르웰린과 기사들이 고개를 절레절레 내젓는 사이, 사색이 된 폴라리스가 벌떡 자리에서 일어났다.

"드, 드, 드, 드래곤? 갑자기 드래곤은 왜? 아니, 잠깐, 알고 지내는 사이냐니. 그게 무슨 소린가!"

"뭐야. 반응이 상당히 격하시네."

아렌트가 슬쩍 뒤로 물러나며 폴라리스 장로를 아래위로 훑어보았다.

"뭐…… 별 접점은 없었겠네요. 엘프랑 연결 고리가 있었더라면 엉뚱하게 네펠레 왕국이나 뒤지고 있진 않았겠지."

"설명을! 설명 좀 해 주게, 아렌트 경! 갑자기 드래곤은 왜 나오는가? 이번 일에 드래곤까지 엮인 것은 아니겠지? 설마 그럴 리가 없잖은가!"

폴라리스 장로가 비명처럼 내질렀다.

다른 이들 역시 비슷한 심정인 것 같았다.

아렌트가 시큰둥하게 대꾸했다.

"설마가 사람 잡는다는 말씀도 모르십니까? 그리고 갑자기 왜 이래요? 지클린의 연구소가 드래곤 레어에서 발견됐다고 이미 말씀드렸잖아요."

"레어와 드래곤은 다른 문제이잖은가! 버려진 레어야 얼마든지 발견될 수 있지만…… 잠깐만, 설마 진짜로?"

폴라리스 장로가 기겁하며 르웰린 일행을 보았다.

아렌트 대신 라이오스가 나서서 담백하게 말했다.

"폴라리스 장로님께서 왕국에 반입하셨다는 그 책 말입니다."

"……그게 왜?"

"이번 일과는 별개로 저희는 그 책을 꽤 오랫동안 찾고 있었습니다."

라이오스가 차분하게 말했지만, 엘프들은 점점 더 아연실색했다.

이걸 곧이곧대로 말해도 괜찮은 걸까.

라이오스는 잠깐 고민했다.

악신과 맞서 싸울 생각에 이미 심약해진 엘프들에게는 과한 충격일 것 같았다.

머릿속에 한순간 그런 걱정이 스쳐 지나갔지만, 라이오스는 이내 생각을 고쳤다.

어차피 한배를 탄 몸이니 정보 공유는 당연한 일이었다.

게다가 현 소유주가 알타이르인 만큼, 당사자성도 충분하고.

"그 책이 아무래도 드래곤의 소유물인 것 같습니다. 최근 모종의 사건을 통해 드래곤과 접촉할 일이 있었는데, 드래곤이 그 책을 아렌트에게 직접 회수해 오라고……."

쿵.

뭔가가 넘어지는 소리에 라이오스가 말을 멈췄다.

"……."

졸도한 알타이르 장로가 의자와 함께 뒤로 넘어가 있었다.

쉬고 싶다는 알타이르의 소망은 불행하게도 이뤄지지 못했다.

라이오스가 직접 알타이르를 다시 일으켜 세워 자리에 앉혀 준 것이다.

"괜찮으십니까? 냉수를 가져오겠습니다."

"괜…… 괜찮……."

알타이르는 미처 괜찮다는 말을 끝마치지 못했다.

그 꼴을 본 르웰린이 혀를 내둘렀다.

"라이오스 단장, 생각 이상으로 무서운 사람이네."

"그렇다니까요. 어지간해서는 화 안 내는 분이지만, 잘못 걸리면 뼈도 못 추립니다."

아서가 조용히 맞장구쳐 주었다.

심지어는 아렌트마저도 조금 질린 눈으로 그를 쳐다보고 있었다.

끝끝내 알타이르를 제자리에 앉혀 놓은 라이오스가 말을 이었다.

"다시 여쭙습니다만. 혹시 렉시온이라는 드래곤에 대해 아는 바가 있으십니까?"

"……."

당연히 돌아오는 대답은 없었다.

결국 보다 못한 리히트가 끼어들었다.

"아무래도 없을 듯합니다. 그 드래곤은 자신이 찾는 책이 여기까지 흘러든 것도 눈치채지 못했으니까요."

그러자 막내 둘의 야유가 곧장 날아들었다.

"선배는 물러 터져서 문젭니다."

"맞아요."

"……."

아렌트가 구시렁대는 건 그렇다 치고, 옆에서 맞장구나 쳐 대는 아서를 보자니 속이 쓰려 왔다.

리히트가 탁 소리 나게 이마를 짚었다.

그러거나 말거나, 아렌트가 리히트를 밀치고 앞으로 나섰다.

"어쨌든 그런 사정이 있어서, 책을 넘겨주셨으면 좋겠는데요."

"가, 가져가게. 얼마든지! 회의가 끝나면 바로 넘겨주겠네."

화들짝 놀라 정신을 차린 알타이르가 거의 비명 지르듯 대답했다.

그 추태에 창피해할 겨를도 없이, 다른 장로들도 열심히 고개를 끄덕였다.

아렌트는 속으로 짧게 혀를 찼다.

'겁 잔뜩 먹은 초식 동물도 아니고.'

소설에 나온 엘프의 회피적인 태도와 자카르가 받은 고통 모두 이들의 두려움에서 비롯되었다는 것을 알게 되니 차마 더 화도 나지 않았다.

아직 일어나지 않은 일에 대해서 이들이 책임질 필요는 없었다.

아렌트는 엘프들 상대로 남아 있던 약간의 악감정도 그냥 털어내 버리기로 했다.

'어차피 전면에 나서야 하는 건 칼리온 제국일 테고.'

소수인 데다 전투에 특화된 종족도 아닌 엘프에게서 얻을 수 있는 전력은 한정되어 있었다.

'성검의 푸른 기사'에 언급된 정도가 최선일 터였다.

전력보다 더 중요한 것은 신뢰 문제였다.

지금 상태라면 아마 엘프들은 꽤 괜찮은 전우가 될 수 있을 것이다.

'그리고…….'

아렌트는 나란히 선 실비안과 자카르를 슬쩍 곁눈질했다.

두 사람은 장로들이 보이는 부끄러운 모습 때문에 꽤 착잡해진 얼굴이었다.

어쩌면 죽었을지도 모르는 한 사람과, 그 죽음으로 고통받던 사람을 구제했다.

이제 두 사람은 당분간 엘프 내부의 문제를 해결하느라 꽤 골머리를 썩일 것이다.

울상인 장로들을 달래고 혼란스러운 사람들을 다독이는 것만으로도 진력을 빼겠지.

'나쁘지 않네.'

아무도 보지 못한 사이, 아렌트의 입가에 미소가 스쳐 지나갔다.

희극에 살을 에는 고통이나 죽음을 계기로 삼은 각성 따위는 없는 편이 나았다.

한심한 문제 때문에 골치를 부여잡고 낑낑거리는 편이 훨씬 더 희극다운 일이니까.

* * *

기대와는 달리, 드래곤이나 음유 시인 질베르테에 관한 이야기는 더 얻어 낼 바가 없었다.

질베르테는 전쟁이 끝나기 이전의 사람이었고, 엘프들에게는 남은 정보가 거의 없으니 이상한 일도 아니었다.

　다음 날 기사들의 숙소를 찾아온 폴라리스 장로에게 지나가듯 물었으나 그가 애매한 얼굴로 대답했다.

　"100여 년 전에는 네펠레 왕국의 항구 근처에 인간 음유 시인들이 제법 찾아오곤 했지. 이따금 그들이 엘프 왕국까지 건너오기도 했고, 반대로 엘프들이 그들을 방문할 때도 있었어."

　"흐음……."

　"하지만 자네가 말하는 그 음유 시인은 이전 세대의 인물 아닌가? 게다가 요즘에는 인간 음유 시인도 거의 맥이 끊겼다고 아네만."

　그 말대로였다.

　전쟁이 끝난 직후에는 터전을 잃은 방랑자들이 제법 많았겠지만, 문명이 안정된 지금은 굳이 세상을 떠돌아다닐 필요가 없었다.

　현재는 광대나 시인이 간간이 그 맥을 잇는 정도지, 옛날처럼 음유 시인들이 본격적으로 퍼져 있는 것은 아니었다.

　"결국 아시는 게 전혀 없다는 거네요."

　"도움이 안 되어서 미안하군. 드래곤 쪽도 마찬가지일세. 과거에는 엘프들이 드래곤과 비교적 친밀하게 지냈다는 기록이 있으나…… 전쟁 후에는 드래곤들이 이전보다도 더욱 두문불출하게 되었으니."

"다른 왕국 쪽도 마찬가지예요?"

간식거리를 입에 넣으며 아렌트가 재차 묻자 폴라리스 장로가 기억을 더듬는 듯 눈썹을 휘었다.

"아마도 그럴 걸세. 이번 건에 대해 논의가 끝난 뒤에 우리 측에서도 조사해 보도록 하지."

"넵, 큰 기대는 안 할게요."

아렌트는 건성으로 대답했다.

옆에서 듣던 아서가 대화에 끼어들었다.

"네펠레 왕국의 전 왕세자가 엘프 왕국을 침략하니 뭐니 했을 때 말이야. 그때 렉시온이 나섰던 게 꼭……."

"엘프 왕국을 도와주려던 것처럼 보였다는 말이죠?"

후배가 대신 말을 이어 주자 아서가 고개를 끄덕였다.

"지금 세대의 엘프와 접점이 없다면, 굳이 그런 수고를 할 필요가 있었나? 다른 방법이 있었을 텐데."

"과거의 연 때문이 아닐까요? 엘프들도 도와줄 겸, 나도 죽이고, 알로이스도 죽이고, 책도 찾을 생각이었겠죠. 엘프를 돕는 것 외에는 셋 다 망했지만."

"……잠깐, 아렌트 경."

듣다 못한 폴라리스가 해쓱한 얼굴로 말을 끊었다.

"너무 태연하게 이야기하는군. 이러다간 나까지 현실 감각이 둔해지겠어. 아서 경도 그리 아무렇지도 않게 받아들이지 말게."

"그리 호들갑 떨 필요 있어요? 말했잖아요, 셋 다 실패했다고."

보란 듯이 살아남아 알로이스를 산 채로 제압하고, 동시에 수작질을 부리던 드래곤에게 물을 먹인 건 다름 아닌 아렌트 본인이었다.

"결국 드래곤도 거기까지란 거겠죠."

"……."

오만한 말에 그는 결국 입을 다물어 버렸다.

반박할 거리를 찾지 못한 탓이었다.

아서가 눈을 홉뜨고 후배를 노려보았다.

"그러다 죽지, 그러다."

"죽긴 왜 죽어요? 전 누구처럼 미련하지 않아서, 목숨 바쳐 뭘 하겠다는 그런 비장하고도 기특한 마음가짐 따위 발휘할 생각은 전혀 없거든요."

"매번 그렇게 지껄이면서, 목숨 아까운 줄 모르고 나대는 게 누군데."

"안 죽을 확신이 서니까 나대는 거죠. 누굴 뭘로 보고."

천연덕스럽게 어깨를 으쓱이는 아렌트의 꼴에 아서가 사납게 쏘아붙였다.

"헛소리하지 말고 몸 좀 사려, 이 자식아! 애초에 목숨에 대고 확신하니 뭐니 하는 것부터가 문제라고!"

"예, 예. 알겠어요. 잘못했다고요. 어쨌든 죽을 생각은 추호도 없으니까 안심하세요."

아렌트는 인상을 쓰며 귀를 막는 시늉을 해 보이고는 잽싸게 화제를 돌려 버렸다.

"장로님, 그 책이요. 반출 절차는 다 끝나 가요?"

폴라리스가 끙, 소리를 내며 대답해 주었다.

"그러네. 아마 곧 라이오스 단장에게 넘겨줄 수 있을 거다."

"그거 반가운 소식이네요."

문제의 책과 각종 정보, 문서를 넘겨받기 위해 라이오스는 회당에서 절차를 밟고 있었다.

르웰린과 리히트는 단장을 돕기 위해 함께 가 있었고.

기사단 측에서 요청한 자료가 워낙 방대하다 보니 시간이 꽤 걸리는 것 같았다.

숙소에 남은 건 딱히 할 일이 없는 아렌트와 아서 두 사람뿐이었다.

지루하게 시간을 죽이던 차에 폴라리스 장로가 찾아온 것이다.

"그래도 시간이 좀 더 걸릴 것 같으니, 자네들은 먼저 신전으로 가 있으라더군. 내가 데려다주지."

"지금요?"

갑작스러운 말에 아렌트가 눈을 깜빡였다.

그러자 폴라리스 장로가 담담하게 대답했다.

"약속한 일이니 최대한 빠르게 이행하는 게 좋겠지. 대장로님의 말씀이다."

"……흐음."

비록 고민이 지나치게 길었을지언정, 한 번 결정한 사항은 차질 없이 진행하려는 것 같았다.

이 점만큼은 칭찬할 만했다.

하지만 아렌트가 시큰둥하게 꺼낸 것은 다른 말이었다.

"어지간히도 빨리 내쫓고 싶은 모양이죠?"

"……."

폴라리스 장로가 찔끔했다.

차마 그 점도 부정할 수 없는 사실인 듯했다.

한심하다는 눈빛을 보내는 아렌트와 급하게 시선을 피하는 장로를, 아서가 심란한 눈으로 응시했다.

* * *

안개숲 종족의 신전은 인적이 드문 해안가에 있었다.

왕국 내의 다른 건물들과 비슷한 외견이었다.

조용한 바닷가에 홀로 자리 잡은 신전은 성스러운 공간보다는 작은 휴양지에 더 가까워 보였다.

소박한 건물을 떠받든 두 개의 흰 기둥과, 마찬가지로

거의 아무런 장식도 없이 꾸며진 내부를 둘러보던 아렌트가 입을 열었다.

"상주하는 신관은 안 계세요?"

"몇몇이 있긴 하지만, 모두 내보냈지. 그편이 조사하기 편할 듯해서."

"별로 상관없는데."

"조사하는 와중에 신관들이 이것저것 참견해 댄다고 생각해 보게. 자네가 가만히 있을 건가?"

폴라리스가 다소 날 선 목소리로 대꾸했다.

그 말인즉슨, 아렌트가 찾아오기 전에 신관들을 미리 대피시켰다는 말이었다.

"왜 사람을 역병 취급하고 그러십니까?"

"안 그러게 생겼나?"

견습 기사가 뻔뻔하게 투덜거리는 소리에 폴라리스가 울화통을 꾹 눌러 담으며 답했다.

이런저런 문제를 해결해 준 것은 아주 고마운 일이었지만, 그 과정에서 장로진 전체가 혼비백산했다는 건 두말할 것도 없었다.

아렌트는 그의 말을 흘려들으며 신전 깊은 곳으로 발을 들였다.

정면에 작은 제단과 소박한 신상이 보였다.

"바다의 신이에요?"

"네레이스 님이지."

폴라리스의 말에 아렌트가 고개를 끄덕였다.

중성적인 모습인 루체나 체르니온과는 달리, 네레이스는 작은 엘프 소녀의 모습이었다.

물보라 위에 선 소녀는 눈동자 없는 눈으로 탁 트인 바다 쪽을 응시하고 있었다.

잠시 신상을 감흥 없이 바라보던 아렌트가 문득 질문을 던졌다.

"네레이스 신의 신전은 여기밖에 없어요?"

"그렇다네. 아주 오래전, 네레이스 님이 그렇게 희망하셨다더군."

그러자 뜬구름 잡는 것 같은 대답이 돌아왔다.

"생각해 보게. 세상은 빛으로 가득하고, 바다는 언제나 그 자리에 있어. 바람도, 불꽃도, 천둥도 마찬가지지. 그러니 굳이 또 다른 신전을 모실 이유가 있나?"

인간들과는 또 다른 관점의 말이었다.

아렌트가 흥미롭게 눈을 반짝였다.

"어차피 늘 함께 있으니, 굳이 그럴 필요 없단 뜻이죠? 하지만 네레이스 신의 신전이 여기 있는 건, 신 본인의 의지라는 거고."

"그렇지. 이 신전은 전쟁 전에 지어졌어. 엘프 왕국이 제대로 자리를 잡기 이전부터 존재했다고 하네. 너른 바다를 품고 세상을 방랑하던 네레이스 님이 휴식을 취할 곳으로 이곳을 고르셨다더군."

"그런 것치고 건물은 그리 오래되어 보이지 않는데요?"

아서가 의아하게 묻자 폴라리스가 고개를 끄덕였다.

"전쟁 때 한 번 망가졌다가 이후 안개숲 종족이 재건했지. 신상도 거의 다 망가져서 그때 다시 제작했다고 들었네."

"흐음."

신상을 일별한 아렌트는 곧 폴라리스를 재촉했다.

"서고는 어디에 있는데요? 장로님이랑 교관님이 숨기셨다는 책들도 확인하고 싶은데."

"따라오게."

가볍게 고개를 끄덕인 폴라리스가 두 사람을 제단 뒤쪽으로 이끌었다.

곧 신전 바깥에서는 보이지 않던 계단이 드러났다.

지하의 서고로 향하는 길이었다.

지하의 서고 역시 꽤 단출했다.

좁은 공간에 몇 개 놓인 서가에 오래된 책들이 가지런히 정리되어 있었다.

벽 한쪽에는 따로 놓인 책들이 한 무더기 쌓여 있었다.

자카르와 폴라리스가 따로 빼돌렸던 거였다.

그 옆에는 깃펜과 종이가 넉넉히 마련되어 있었다.

아렌트가 따로 부탁한 물건이었다.
"뭐 더 필요한 거 있는가?"
"음……."
아렌트는 손에 닿는 책을 펼쳐 보았다.
언어에 약간 차이는 있었지만, 대부분 비슷한 문자 체계였다.
이 정도면 충분히 읽을 수 있을 것 같았다.
"아뇨, 알아서 둘러보고 있을 테니 먼저 가시죠. 어차피 곧 단장님 쪽도 오실 테고. 문헌은 이게 다예요?"
"신전에 있는 것은 이게 전부다."
"넵. 감사."
전혀 감사하지 않은 태도로 아렌트가 고개만 까닥했다.
이제 지적할 의욕조차 잃어버린 폴라리스는 그냥 아무 말 없이 서고에서 나가 버렸다.
산더미처럼 쌓인 장서들을 새삼 확인한 아서가 질린 목소리를 냈다.
"이걸 다 봐야 해?"
"다 봐야죠. 이것 때문에 그 개고생을 했는데."
아렌트는 퍽 자연스럽게 책더미 옆에 주저앉았다.
군말 없이 책을 읽기 시작하는 그를 보며 아서 역시 작업에 착수할 수밖에 없었다.
서고 안이 조용해졌다.

아렌트는 페이지를 술술 넘겨 가며 대충 내용을 훑어보았다.

제일 처음 보이는 건 역시 바다의 신 네레이스가 얽힌 설화들이었다.

기근에 시달리던 엘프에게 물고기를 가득 선물했다거나, 바다에 빠져 죽을 뻔한 것을 살려 주었다는 등 네레이스는 자연 친화적이고 온화한 성품으로 묘사되었다.

동화 같은 이야기들은 네레이스를 신앙의 대상보다는 가까이에서 보살펴 주는 존재처럼 묘사하고 있었다.

'절대자인 루체랑은 또 다른 양상인데.'

신의 최정점에 있는 게 루체고, 그 대척점에 있는 것이 체르니온.

그렇다면 그 사이의 신들 안에서 파벌이 나뉘는 것도 이상한 일은 아니었다.

'대부분 루체 신의 편을 들었다고 했던가.'

그렇다면 체르니온 신의 편을 든 쪽도 있었을까?

하지만 칼리온 제국에 남은 기록상, 대전쟁은 거의 루체 신과 체르니온 신만의 싸움처럼 묘사되어 있었다.

아렌트가 인상을 찌푸렸다.

'모두가 악신교 토벌에 적극적으로 나섰거나······.'

그게 아니라면 싸움이 끝나기만을 숨죽이고 기다렸을지도 모르겠다는 생각이 들었다.

'일단 네레이스 신이 전쟁에 개입하지 않았다는 건 확실해 보이는데.'

전쟁이 시작되기 전, 네레이스는 이곳의 해안에서 쉬겠다며 정착했다.

꼭 업화를 피하려는 것처럼.

'그렇다면 이 설화들은 모두 전쟁 전에 만들어진 이야기일 테고.'

아렌트는 새삼 책을 뒤적여 보았다.

이 책들은 전쟁이 끝나고서 엘프 왕국이 세워진 뒤, 남은 기록들을 모두 모아 새로 집필한 것일 터였다.

저자는 알타이르 대장로 윗세대의 엘프들.

첼탄의 말을 빌리자면, 천벌을 받아 지금은 모두 숨진 이들일 것이다.

'천벌이라.'

거기까지 생각이 미치자, 페이지를 넘기던 손이 자연스럽게 멈췄다.

천벌.

신이 직접 개입해 제지했다는 말처럼 들렸다.

대장로는 천벌이라는 것의 정체를 알고 있을까.

'하지만 묻는다고 해서 곧이곧대로 답을 해 줄 것 같지는 않은데…….'

그게 만약 대장로가 가진 공포심의 근원이라면, 원하는

답을 얻어 내는 건 쉬운 일이 아닐 터였다.

드래곤이 관련됐다는 말에도 당장 졸도해 넘어가는 판인데.

물론 대장로가 말을 아낀다고 해서 가만히 있을 수는 없었다.

원하는 답을 얻어 낼 때까지 털어 댈 생각이었다.

한번 꼬리를 물기 시작한 생각은 좀처럼 끊이지 않았다.

'벌에 관한 기록은 아직 어디에서도 못 찾았지.'

벌이라는 건 잘못을 저지른 자에게 가해지는 제제였다.

그렇다면, 전쟁을 겪어 낸 엘프들의 죄목은 또 무엇인 걸까.

그때, 아서의 목소리가 그를 상념에서 끄집어냈다.

"……왜 숨기려 들었는지 좀 짐작이 되는데."

"뭐라도 찾았어요?"

아렌트가 고개를 돌리자 아서는 읽던 책을 건네주었다.

이번에도 네레이스에 관한 이야기였다.

다만 다른 책들과 조금 다른 것은, 등장인물로 어둠의 신이 나온다는 거였다.

긴 밤이 찾아오고, 네레이스는 어둠이 내려앉은 바다에서 쓸쓸함을 이기지 못해 눈물을 흘렸다.

그러자 어둠의 신이 몇몇 생물에게 밤의 숨결을 불어넣어, 야행성 동식물을 만들어 주었다.

'……어둠의 신의 이름이 적힌 부분은 전부 다 검은 잉크로 지워 놨군.'

아렌트는 책의 앞부분을 뒤적여 보았다.

루체 신이 빛을 열고, 깊은 바다에 네레이스를 풀어놓았다는 것으로 제1장이 시작되었다.

"창조 신화네요."

"그렇지, 제국에서 듣던 것보다 살이 좀 더 붙어 있어."

아서가 고개를 끄덕였다.

제국의 창조 신화는 철저히 빛의 신 위주로 서술되었다.

하늘과 땅을 열고, 곳곳마다 알맞은 신들을 배치해 세상을 꾸려 나가게 했다는 흔해 빠진 이야기였다.

물론 루체 신전의 기록에도 다른 신들이 이따금 언급되긴 했다.

하지만 그닥 존재감이 없거나, 빛의 신을 보조하는 정도로 묘사될 뿐이었다.

아렌트는 책을 좀 더 휙휙 넘겨 보았다.

어둠의 신이 언급되는 내용이 꽤 있었다.

하나같이 체르니온이라는 이름은 삭제되어 있었지만.

"네레이스 신이 악신과 가까이 지냈다는 내용이니……이건 충분히 문제 삼을 만한 내용이지."

"테오도르 전 대신관님이라면 충분히 그러셨을걸요."
아서의 말에 아렌트 역시 동의했다.

진이 악신교에 합류한 상황에, 이것까지 들키면 끝장이라고 여겼을 것이다.

"좀 이상하지 않냐? 책은 전쟁 이후에 집필된 거잖아. 악신의 이름을 전부 다 지워 버릴 거면서, 이런 기록은 왜 남긴 거야?"

"지금 생각할 수 있는 건 하나밖에 없죠."

루체 신인지 악신인지는 알 수 없지만, 신이 직접 나서 정보를 통제했다.

그런 상황에서 선대 엘프들은 위험을 감수하며 이러한 문헌을 남긴 것이다.

칼리온 제국의 초대 황제 칸과 마찬가지로.

"……."

아렌트의 시큰둥한 대답에 아서가 입을 딱 다물었다.

언젠가 이 망할 후배 놈이 황태자 앞에서 꺼낸 불편한 화제를 상기해 낸 탓이었다.

"……그때는 이렇게 말했잖냐. 엘프 왕국에 전쟁 이전의 기록이 남아 있으면, 그건 해당 사항이 없는 이야기라고. 신이 개입했을지도 모른다는 건 틀린 말 아냐?"

"온전히 남아 있으면 그렇다는 말이죠. 하지만 여긴 체르니온의 이름이 죄다 지워져 있잖아요."

늘 그렇듯, 아렌트가 시큰둥하게 대답했다.

"물론 확실한 건 아무것도 없어요. 선배 말이 옳을 수도 있어요. 원래는 온전한 기록이었는데, 후대에 와서 체르니온의 이름을 지웠을지도 모르고."

"……글쎄다."

아서는 조금 회의적으로 중얼거렸다.

그는 체르니온의 이름 위에 덧칠된 자리를 힐끗 보았다.

잉크가 변색된 정도가 주변의 글씨들과 거의 비슷했다.

그건 즉, 책이 집필된 직후에 삭제 작업이 이뤄졌다는 뜻이었다.

동시에 신이 직접 간섭했을지도 모른다는 아렌트의 말의 설득력을 높이는 증거이기도 했다.

잠깐 대화가 끊어진 지금, 아렌트는 다시 고민에 잠겨 있었다.

책 끄트머리를 손으로 만지작대며 상념에 잠긴 아렌트를 보고 있자니 아서는 괜히 불안한 마음이 들었다.

이따금 신마저 도마 위에 올려 버리는 오만하고도 불경한 놈이었다.

지금은 또 무슨 복잡한 것들을 머릿속에서 굴리고 있을지.

아서는 일부러 더 불퉁하게 물었다.

"그나저나 넌 아까부터 무슨 생각을 그렇게 하냐? 조사하다 말고 한참을 멍하니 있더니."

"말하면 선배가 이해는 하고요?"

"너 진짜 뒈지고 싶지?"

아니나 다를까 단박에 싸가지 없는 대꾸가 돌아왔다.

아서가 발끈했지만 아렌트는 익숙하게 무시했다.

그의 금색 눈동자가 다시 책 쪽으로 향했다.

'아직 논의할 단계는 아니지.'

천벌이라는 현상이 있었고, 그 때문에 전쟁 당시 생존해 있던 엘프들이 모두 사망했을지도 모른다는 건.

방금 아서와 나눈 대화로 문득 한 가지 가능성이 머릿속을 스쳤다.

어쩌면 이 기록들이 선대 엘프의 죄일지도 모르겠다고.

'그렇다면 벌을 내린 주체는…… 루체 신인가.'

최소한의 안전장치를 남겨 놓기 위해 체르니온의 이름만큼은 지웠지만, 끝까지 기록을 폐기하지는 않았다.

그 결과 엘프들은 신에게 천벌을 받고 만 것이다.

이것도 제법 말이 되는 이야기였다.

루체에게 신앙을 가진 동료들이 어떻게 받아들일지는 미지수였지만.

'그게 아니라면, 루체 신의 편을 든 엘프들에게 체르니온이 복수한 게 될 테고.'

그런 해석 역시 가능했다.

체르니온을 믿던 첼탄의 시선에서는 그것이야말로 통쾌한 복수고, 합당한 천벌이었을 테니까.

'어쨌든 지금 결론내기린 힘들겠어.'

현 단계에서는 해석하기 나름이니, 결론을 내리는 건 시기상조였다.

다만 어느 쪽이든 현재로서는 기껍지 않았다.

과거에 그랬다면 지금도 얼마든지 참견할 수 있다는 뜻일 테니까.

아렌트가 다시 입을 다물어 버리자 아서가 짜증을 터뜨렸다.

"아, 무슨 생각 하냐고!"

"진짜 끈질기네. 별거 아니에요. 궁금한 게 생겨서 나중에 대장로님이나 좀 찾아가 볼까 하고."

탁, 책을 덮으며 아렌트가 심드렁히 대답했다.

아서가 그를 흘겨보며 다음 책을 꺼냈다.

"이제 대장로님은 너만 보면 경기하실 것 같던데?"

"내 알 바예요? 그쪽 사정이지."

"쯧. 그건 그래."

혀를 차며 맞장구친 아서가 다시 책으로 눈길을 옮겼다.

두루뭉술하게나마 답을 얻어 낸 데에 만족한 거였다.

하지만 얼마 후, 제 얼굴을 뚫어져라 보는 시선에 다시 고개를 들 수밖에 없었다.

"뭐. 왜 쳐다봐?"

"……아뇨. 선배가 자각 못 하는 거 같으니까 그냥 넘어갈게요."

한참을 멀뚱히 바라보던 아렌트가 어깨를 으쓱하고 다시 책으로 시선을 떨어뜨렸다.

이번에는 아서가 어리둥절한 눈으로 아렌트를 보았다.

하지만 아렌트는 모르는 척했다.

'고장 났네, 저거.'

몇 달 전까지만 해도 그게 대장로님께 할 소리냐며 당장에 쏘아붙였을 사람이, 지금은 자신이 무슨 말을 한지도 모르고 있었다.

리히트도 그렇고, 아서도 그렇고.

번듯하던 사람이 천천히 망가지는 꼴을 보는 건 아렌트의 소소한 재미였다.

피식 웃으며 다시 책장을 펴려던 찰나.

갑자기 목덜미가 서늘해졌다.

습기 가득한 손길이 어깨를 감싸고, 마치 아득히 먼 곳에서 들리는 듯한 파도 소리가 속삭이듯 귓가에 스쳤다.

"……!"

앞뒤 생각할 틈도 없이 벌떡 일어나 뒤를 확 돌아보았다.

하지만 그 묘한 기척은 마치 착각이었다는 듯 사라지고 없었다.

눈에 들어오는 것이라고는 어두운 지하의 서고뿐이었다.

멍하니 서 있는 아렌트를 아서가 의아하게 불렀다.

"뭐야, 왜 그래?"

"……."

몇 번 눈을 깜빡이던 아렌트는 아서를 돌아보았다.

눈썹을 휘며 이쪽을 보는 아서는 아무것도 듣지도, 느끼지도 못한 것 같았다.

약간의 뜸 뒤, 아렌트는 인상을 구기고 아무렇지도 않게 대꾸했다.

"……아뇨. 벌레가 있어서."

"벌레 때문에 그렇게 기겁하냐? 누가 도련님 아니랄까 봐."

아서가 투덜거리며 다시 책으로 눈을 돌렸다.

하지만 아렌트는 한동안 자리에 앉지 못했다.

'착각…… 일 리는 없지.'

뒤를 돌아본 아렌트는 손길이 느껴졌던 목덜미를 다시 만져 보았다.

등을 떠미는 것 같기도 했고, 반대로 붙잡는 것 같기도 했다.

그러나 등을 감싸는 듯하던 기척에서 적의는 느껴지지 않았다.

하필 그런 화제가 오간 직후라니.

아서가 어이없이 물었다.

"숙소에서 대기하라더니…… 설마 저놈을 저한테 떠넘기시려고 그런 거였어요?"

"인도적 차원에서 어쩔 수 없었어, 아서 경. 라이오스 단장만으로도 장로님들이 벌벌 떠는데, 거기에 저놈까지 주절거려 봐. 다들 뒷목 잡고 넘어가셨을걸."

"제 뒷목은 누가 책임지고요?"

"아서 경은 저놈한테 익숙하잖아. 선배로서 책임을 져야지."

아옹다옹하는 르웰린과 아서를 시큰둥하게 보던 아렌트가 툭 내뱉었다.

"어쩌겠어요. 제가 너무 잘난 탓인데. 충분히 이해해요."

"……."

실랑이하던 두 사람과 리히트, 심지어는 넋이 나갔던 알타이르 대장로마저 그에게 질린 시선을 보냈다.

유일하게 평정심을 유지한 라이오스가 아렌트에게 책을 건넸다.

"살펴봐라. 드래곤이 찾던 것이 맞나?"

"흐음."

다행히도 아렌트의 관심이 책으로 옮겨 갔다.

책의 외견은 렉시온과 마티어스 왕자가 묘사한 그대로였다.

큰 보석이 책 가운데에 박혀 있었고, 그 주변 역시 작은 보석들로 치장되어 아주 화려했다.
 가운데의 보석 아래에는 고대어 문장이 가죽 표지 위에 새겨져 있었다.
 폴라리스 장로가 말한, 어둠의 신에게 바치는 기도문이었다.
 책을 이리저리 뒤집어 보던 아렌트가 툭 내뱉었다.
 "아무래도 아티팩트는 아닌가 봐요?"
 "내 생각도 그렇다."
 라이오스가 대답했다.
 오래된 책은 분명 마력을 품고 있었지만, 서리 어린 손길이나 강한 자의 그림자와는 다른 종류였다.
 아렌트는 책을 펼쳐 보았다.
 세월의 흔적이 고스란히 느껴지는 페이지 위에 읽을 수 없는 문자가 빼곡히 들어차 있었다.
 조금 훑어보았지만 역시나 읽을 수 있는 대목은 단 하나도 없었다.
 미련 없이 책을 덮어 버린 아렌트가 툭 내뱉었다.
 "렉시온이 찾던 책이 맞는 것 같아요. 마법적 힘이라는 게 뭔지는 잘 모르겠지만."
 르웰린이 투덜거렸다.
 "진짜 어처구니가 없네. 이걸 여기에서 찾을 줄이야."

"너무 아쉬워하지 마. 아직 네가 할 일은 많이 남았으니까."

두꺼운 책을 툭, 어깨에 걸쳐 놓은 아렌트가 대꾸했다.

그러자 르웰린이 입을 꾹 다물었다.

애초부터 책이 아니라 드래곤의 거처를 찾는 게 아렌트가 탐험가 연합에게 맡긴 의뢰였다.

르웰린이 주먹을 꾹 쥐고 다짐했다.

"두고 봐. 돌아가자마자 그 일에만 매달릴 거니까."

"……제가 끼어들 일은 아닙니다만, 정말로 괜찮으시겠습니까?"

가만히 지켜보던 알타이르가 시체처럼 창백한 얼굴로 한마디 얹었다.

기사들과 르웰린의 시선이 자연스레 대장로에게 향했다.

"뭐가요?"

"이걸 새삼 말씀드리는 것도 우스운 일입니다만…… 르웰린 님, 그리고 라이오스 단장. 드래곤의 목격담이 거의 없는 이유를 아십니까?"

알타이르 대장로가 르웰린과 라이오스를 번갈아 보며 천천히 말을 이었다.

"드래곤의 정체를 알아낸 후 살아남은 자가 드문 탓입니다. 그들은 위대하고 제멋대로이며, 잔혹합니다. 신과 가장 가까운 존재라는 말이 있을 정도니까요."

"……."

"위험합니다. 새삼스레 위험하다는 말을 입에 담는 것조차 우스울 정도입니다. 이미 아시겠지만, 연장자로서 한 번 더 경고하지 않을 수 없습니다."

굳은 얼굴의 알타이르 대장로에게, 르웰린이 씨익 장난스러운 미소를 지어 보였다.

"물론 압니다만, 가끔은 터무니없는 일에 목숨을 걸어 보고 싶을 때가 있거든요. 인간이란 원래 그런 족속이에요, 대장로님."

"라이오스 단장도 같은 의견이십니까?"

알타이르가 염려 가득한 눈으로 라이오스를 보았다.

단장이 덤덤하게 답했다.

"제 부하가 제국과 황실의 안위를 위해 필요하다 판단한 일입니다. 물러설 이유는 없습니다."

"……그러시군요."

그 부하라는 사람이 아렌트라는 것을, 대장로는 이제 아주 잘 알았다.

알타이르의 시선이 견습 기사에게 잠깐 닿았다가 다시 라이오스에게 향했다.

"말해도 듣지 않으시겠군요. 혹시 더 필요한 게 있으십니까?"

반쯤 체념했다는 눈이었다.

이제 엘프 왕국에서의 볼일은 거의 다 끝나 가고 있었다.

헤일로 장로는 폴라리스의 집에서 제대로 된 치료를 받고 있었고, 그를 끝까지 책임지고 돌보겠다는 알타이르의 약속도 받아 냈다.

첼탄의 연구실에 있던 자료들은 안개숲 친위대가 수습해 내일까지 기사들의 숙소에 가져다주기로 했다.

이곳보다는 슈타들러 백작의 연구실에 분석을 맡기는 것이 빠를 테니, 기사들이 가지고 복귀하기로 한 것이다.

이제 남은 일은 안전하게 돌아가는 것뿐이었다.

라이오스가 가볍게 묵례했다.

"충분합니다. 배려에 감사드립니다. 준비가 마무리되면, 내일 오후에 출발할 생각입니다."

"알겠습니다. 배를 준비하라 이르겠습니다. 편안한 밤 되십시오. 더 필요한 게 있으시면 언제든지 말씀해 주시고요."

담담하게 대답한 알타이르는 마지막으로 라이오스에게 짧게 고개를 숙이고는 몸을 돌려 숙소 밖으로 나갔다.

* * *

어느새 밤이 깊은 시간이었다.

바닷가 특유의 다소 습기 찬 공기에 서늘함이 더해지고, 약간 흐린 밤하늘에 뿌연 달빛이 은색 장막처럼 드리웠다.

알타이르는 천천히 회당을 향해 걸음을 옮겼다.

이따금 야행성 새가 멀리서 지저귀고, 찌르르 벌레 우는 소리가 조용한 밤길에서 그를 맞이했다.

사박.

그와 거의 동시에, 마른 풀을 밟는 정갈한 발소리가 불쑥 존재감을 드러냈다.

대장로가 우뚝 걸음을 멈추자 기척 역시 더 다가오지 않고 그 자리에 멈춰 섰다.

알타이르는 한숨이 터져 나오려는 것을 눌러 담고 입을 열었다.

"할 말이라도 있는가? 아렌트 경."

"딱히 거창한 건 아니고요."

뻔뻔하게 느껴질 정도로 태연한 미성이 돌아왔다.

뒤를 돌아보니 흐린 하늘 아래에 달빛을 뚝 떼어 만든 듯한 청년이 몇 걸음 뒤에 서 있는 것이 보였다.

"그냥 여쭤보고 싶은 게 있어서요."

양해를 구하지도 않고 용건만 툭 내뱉는 태도가 오만불손하기 그지없었다.

불량한 어조, 거만하게 선 자세, 무심한 눈빛까지.

처음 대화를 나눴을 때와는 판이하게 다른 모습이었다.
하지만 새삼 그 점을 지적하고 싶지는 않았다.
의미 없는 짓이라는 것을 잘 아는 탓이었다.
잠깐 뜸을 들이던 대장로가 제안했다.
"……잠깐 걷겠나?"
"그러죠."
선뜻 고개를 끄덕인 아렌트가 타박타박 곁으로 다가왔다.
한동안 두 사람 사이에 아무런 대화도 오가지 않았다.
인적이 드문 산책로에 접어든 뒤, 알타이르가 헛웃음을 터뜨리며 운을 뗐다.
"신기하군. 첫날에는 분명 잘 교육받은 어린 기사일 뿐이라고 생각했네만……."
"대장로님이 사람 볼 줄 모르시는 겁니다. 전 원래 이런 놈이에요."
"자네가 그리 말한다면 그런 거겠지. 라이오스 단장이 정말 고생하겠어."
무덤덤하지만, 어쩐지 힘이 빠진 것 같은 대답이었다.
아렌트는 몇 걸음 앞서가는 알타이르를 물끄러미 보았다.
"고생하는 건 저인데 말이죠."
"그 말도 거짓은 아닌 듯하니, 그럼 피차 고생이라고 해 두지."
알타이르가 공허한 웃음을 터뜨렸다.

"뭐가 궁금해서 여기까지 따라온 건가? 다른 이들 앞에서는 할 수 없는 질문인가?"

"꽤 사적인 질문이라서요. 다른 사람들이 듣지 않길 원하는 것도 맞고."

삐딱하게 고개를 끄덕이는 청년을 힐끗 본 알타이르가 담백하게 물었다.

"말하게."

"선대 엘프들에 관한 건데요."

딱 거기까지만 화두를 던졌을 뿐인데, 알타이르가 우뚝 걸음을 멈췄다.

아렌트 역시 그 자리에 서서 말을 이었다.

"그분들한테 무슨 일이 있었습니까?"

"……."

알타이르는 한동안 대답하지 않았다.

아렌트는 굳이 그를 재촉하지 않고 기다렸다.

진득한 침묵 끝, 대장로가 입을 열었다.

"단지 호기심 때문에 질문하는 건가? 아니면 뭔가를 알고서 묻는 건가."

질문을 던지는 목소리 끝이 거칠게 갈라졌다.

아렌트가 짧게 대꾸했다.

"필요해서 묻는 겁니다."

"그렇다면 뭔가 알고 있다는 뜻이로군."

대장로가 몸을 돌려 아렌트를 마주 보았다.

아렌트는 자신을 응시하는 엘프의 아름다운 얼굴에서 많은 감정을 읽을 수 있었다.

심란함과 두려움, 초조함과 체념.

그리고 동정이 대장로의 초록빛 눈동자에 노골적으로 깃들어 있었다.

아렌트가 무미건조하게 말을 이었다.

"부자연스러운 부분이 너무 많습니다. 선대 엘프들 중 살아남은 사람이 단 한 명도 없다는 것부터, 체르니온의 이름만 지워진 신전의 자료들…… 그리고 대장로님이 가지신 필요 이상의 공포심도요."

"……"

"제가 판단하기에, 대장로님은 그리 아둔한 분이 아닙니다. 르웰린도 이번 일 이전에는 대장로님을 상당히 믿고 따르는 것 같았고."

알타이르가 입을 다문 채 시선을 아래로 내리깔았.

유난히 귀에 잘 들어오는 미성이 흘러들었다.

"그런 분이 이번 일에서 어처구니없을 정도로 멍청한 짓을 하셨다니, 제법 이상한 일이죠. 마치 엄청난 공포에 이성이 마비된 사람처럼."

여전히 대장로는 침묵을 지켰다.

아렌트가 다시 한번 캐물었다.

"대장로님께선 뭔가 아시는 것 아니에요? 선대에 무슨 일이 있었는지."

"……나를 너무 과대평가하는군, 아렌트 경. 아니지…… 날 신뢰했다는 르웰린 님의 안목을 믿는 건가? 그건 그것대로 고마운 일이네만."

잠시 후, 알타이르가 쓴웃음을 지었다.

화제를 돌리려는 시도였지만 아렌트에게는 통하지 않았다.

차가운 달빛 아래에서 청년이 덧붙였다.

"배신자 첼탄이 그렇게 말하더군요. 천벌이라고. 혹시 신이……."

"아렌트 경."

알타이르가 단호하게 말허리를 끊어 버렸다.

경고처럼 느껴지는 목소리에 아렌트가 말을 멈추자, 대장로가 천천히 덧붙였다.

"알아들었으니 더 말하지 말게. 이건 자네를 위해 하는 조언이야."

"……."

서늘한 울림을 지닌 음성이었다.

도망칠 곳을 잃어버린 대장로가 밤하늘 아래에서 서글픈 미소를 지었다.

"……필요하다니 이야기해 주지. 자네의 궁금증을 충

족시켜 줄 수 있을지는 사실 잘 모르겠군. 궁금한 건 질문해도 좋지만, 제대로 대답할 수 없다는 점은 양해해 주면 좋겠어."

"……."

뭐라 더 말하려던 아렌트가 조용히 입을 다물었다.

고즈넉한 엘프 왕국의 밤하늘 아래, 대장로가 혼잣말처럼 덧붙인 목소리가 지나치게 생생히 들려왔다.

"벌을 받아도 내가 받아야지 않겠나. 루체 님과 네레이스 님이 자네를 보살펴 주시길."

알타이르가 천천히 눈을 감았다가 떴다.

"나도 아는 것은 얼마 없어. 그러니 내가 듣고 본 것만 전달해 주겠네."

"그걸로 충분해요."

짧은 대꾸에 알타이르가 간단히 고개를 끄덕였다.

그런 뒤에도 대장로는 꽤 오랫동안 뜸을 들였다.

삐이이…….

멀리 숲에서 야행성 새가 아득하게 울었다.

그 지저귐이 멎어 들 때쯤 알타이르가 다시 운을 뗐다.

"내 모친은 학자셨네. 그래서 전쟁에 참전하는 대신, 남아서 어린 엘프들을 보호하게 되셨지."

알타이르는 전쟁이 끝난 뒤 태어났다.

영웅 칸이 숨을 거둔 뒤, 전쟁에서 살아남은 엘프들이

이곳에 터전을 잡고 새로운 거처를 일궈 나갈 무렵이었다.

그가 막 철이 들 무렵에는 종족별로 구역을 네 개로 나누어 대장로를 선출하는 등, 현재 왕국들의 틀이 서서히 잡히고 있었다.

"그리고 모친께서는 네레이스 신전의 소실된 기록을 복구하는 작업을 하고 계셨어. 전쟁 당시 이 땅에 남았던 다른 동료 분들 역시 함께."

아렌트는 가만히 그의 말을 경청했다.

알타이르의 시선이 먼 곳을 헤맸다.

"그러다 사건이 생겼어. 학자 중 한 분이 급사하신 거야."

그것이 모든 일의 시작이었다.

아렌트의 얼굴이 굳어졌다.

알타이르는 차분하게 다음 말을 이어 갔다.

"살해당한 것도 아니야. 지병이 있으셨던 것도 아니었어. 그냥 어느 날 갑자기, 잠자듯 그리 세상을 떠나셨지. 자카르와 폴라리스에게 숨기라 명령했던 그 책들을 저술하신 분일세."

"이거 상당히……."

저도 모르게 입을 연 아렌트가 말끝을 흐렸다가 이내 덧붙였다.

"……상당히 노골적인데요. 유언장은요?"

"없었네. 장례식도 조용히 치러졌지. 책들은 이미 거의 작업이 완료된 때였고, 남은 작업은 모친께서 이어서 하게 되었지."

곧장 차분한 대답이 돌아왔다.

"하지만 얼마 뒤, 또 다른 학자가 숨을 거두었네. 그분도 마찬가지로 조용히 떠나셨다더군. 상상이 되는가?"

알타이르가 자조적으로 웃었다.

아무런 징조도 없이 학자들이 하나씩 숨을 거두었다.

말 그대로 신의 손길에 영혼을 빼앗긴 것처럼, 평온히 눈을 감는 일이 반복된 것이다.

"그때까지만 해도 어르신들이 제법 계셨다네. 하지만 하루하루가 지날수록 그들은 빠르게 쇠약해졌어."

학자들만이 아니었다.

전쟁에서 돌아온 전사들, 장로들, 아이들을 돌보기 위해 고향에 남았던 이들 모두가 표적이었다.

"그러던 어느 날, 또 학자 한 분이 숨을 거두셨지. 다른 분들과는 달리 참혹하게 일그러진 얼굴로, 한 손에는 악신의 이름이 적힌 책을 꽉 쥐고 계셨다네."

"……."

"숨이 끊어지는 순간, 그분이 동족에게 알려 주신 걸세. 자신들에게 악신의 저주가 내렸다고."

고작 중장년밖에 되지 않은 이들이 갑자기 픽 쓰러지고 자다가 숨을 거두고, 병사하고, 심지어는 자결했다.

평화는 무정하다 〈213〉

죽음을 막으려 온갖 수를 써 봤지만 소용없었다.

뒤늦게 책에 적힌 체르니온의 이름을 지운 것 역시 그 시도 중 하나였다.

"장로들 중 절반은 그때를 기억하고 있지. 나중에 알게 되었지만, 왕국 밖에 흩어져 살던 엘프들에게도 같은 현상이 있었다더군."

어린아이였던 알타이르가 성년이 될 때까지, 저주는 멈추지 않고 아주 천천히 진행되었다.

알타이르가 자조적인 웃음을 터뜨렸다.

"이해가 되는가? 한 세대가 모두 요절했어. 심지어는 사인조차 제대로 밝히지 못한 이들이 많았네. 나의 모친께서는 그나마 오래 살아남으신 편에 속했지."

차라리 한 번에 몰살당했더라면 나았을지도 모른다.

당장 죽어 가는 동료들을 지켜보게 된 엘프들은 두려움에 떨었다.

하나둘씩 사라지는 부모 세대를 지켜보는 젊은이들의 공포심 역시 대단했다.

어른들은 결국 살아남는 것을 포기하고, 여생 동안 아이들을 다독이고 지켜 내는 쪽에 모든 힘을 쏟았다.

신의 분노를 샀다는 것을 깨달은 후에도 고집스럽게 기록을 남겨 둔 것 역시 그런 까닭이었다.

"그리고 마침내…… 내가 성년이 되던 해, 그분도 숨을 거두셨지. 잠들듯 평화로운 모습이었어. 안개숲 종족에서 마지막으로 남은 전쟁 세대셨다네."

아렌트는 아무런 말도 할 수 없었다.

100년에 조금 못 미치는 시간.

인간에게는 기나긴 세월이었지만, 엘프에게는 고작 한 아이가 태어나서 어른으로 성장할 정도밖에 안 되는 시간이었다.

인간의 시각으로 보자면, 고작 20여 년 만에 종족의 모든 연장자가 사망한 상황이었다.

누가 봐도 비정상적인 사태를, 알타이르와 그 동년배는 모두 온몸으로 겪어 냈다.

한동안 말을 잇지 못하던 아렌트가 간신히 운을 뗐다.

"……다른 종족에 상황을 알리지는 않았습니까?"

"그러지 않는 게 좋다고 판단하셨던 듯하더군. 이미 전쟁은 끝났어. 악신의 복수가 단지 엘프들만을 향한 것이라면, 그분들은 기꺼이 감내하기로 결심하신 것이지."

이미 인간 측은 자연스레 세대교체가 이뤄지고 있었다.

영웅 칸은 물론이고, 전쟁을 몸소 겪은 이들은 모두 생을 마감했다.

드워프 역시 마찬가지였다.

인간보다는 오래 살지만, 엘프보다는 훨씬 수명이 짧은 종족이었으니까.

그들에게 도움을 요청해 봤자 해결책을 찾기는커녕 괜한 혼란만 생길 거라 여긴 것이다.

"한 가지 분명한 것은, 내가 아는 모든 분들은 끝까지 악신에게 굴복하지 않았다는 걸세."

알타이르의 목소리가 조용히 이어졌다.

"내 모친께서는 이렇게 말씀하셨지. 당신들께서는 이리 숨을 거두지만, 우리들은 빛이 가득한 세상에서 풍요롭고 행복하게 살아갈 수 있을 것이라고."

그녀는 의연하게 죽음을 받아들였다.

다른 이들이 그러했듯이.

"하지만 결국 이리 되어 버렸으니…… 잘 모르겠군."

지나치게 젊은 나이에 종족을 이끌게 된 엘프들은 어떻게든 살아 나갈 방법을 찾아야만 했다.

그렇게 외부 종족과의 교류를 최소한으로 하고, 윗세대에 벌어진 일을 흐지부지 덮어 버리는 쪽을 선택했다.

두려움은 자신들만이 안고 가기로 작정한 것이다.

한참 동안 아연하게 있던 아렌트가 입을 달싹였다.

"그래서 다른 장로님들도……."

"어떻게든 악신과 엮이지 않으려는 내 결정을 이해하고, 존중했지. 자네 말대로 멍청한 짓이었지만."

대장로가 쓴 미소를 지었다.

"자네들이 이곳에 오게 된 것은…… 어쩌면 루체 님의

자비인지도 모르겠군. 억지로 떠밀린 형태라도, 결국 맞서 싸울 기회를 얻었으니까."

알타이르는 모든 것을 포기한 사람 같았다.

그 모습을 멍하니 보던 아렌트는 문득 자신이 주먹을 꽉 쥐고 있다는 사실을 깨달았다.

억지로 손에서 힘을 뺀 그는 천천히 한숨을 내쉬며 얼굴을 쓸어내렸다.

요동치는 마음을 가라앉히기 위해서였다.

"……폴라리스 장로님은요?"

"그는 모르는 일일세. 오랫동안 바깥에서 살았으니. 그의 부친도 요절했지만, 단지 병사라 여겼을 거야."

기가 막힌 일이었다.

어떻게든 평정심을 유지하려 노력 중이었지만 자꾸 가슴이 답답해졌다.

결국 아렌트는 다시금 얼굴을 쓸어내리며 깊은 한숨을 토해 냈다.

"……환장하겠네."

기껏 남긴 문헌에 체르니온의 이름이 덧칠 되어 있던 까닭.

첼탄이 말한 천벌의 실체.

대장로가 겁에 질렸던 이유 등등.

'앞뒤는 맞아.'

하지만 알게 됐다고 해서 뭐가 해결되는 건 아니었다.

신이 개입했을지도 모른다는 심증이 확신으로 바뀌면서, 그렇지 않아도 복잡하던 머리가 터질 지경이 되었으니까.

엘프들은 그게 체르니온의 짓이라고 여기는 것 같지만, 아렌트는 그조차도 확신하지 못했다.

그들의 신뢰는 루체에 대한 신앙에서 오는 것일 뿐, 사실상 합당한 증거는 없었다.

'젠장.'

바로 몇 시간 전, 네레이스의 손길이 닿았던 목덜미가 다시 섬뜩해지는 것 같았다.

한참 동안 침묵하는 그를 물끄러미 바라보던 알타이르가 다시 입을 열었다.

"그래도 싸울 텐가?"

"네?"

"내가 굳이 이 이야기를 들려주는 까닭을 모르겠나? 마지막으로 자네를 만류하기 위해서라네. 루체 님께는 죄짓는 일이겠지만, 이 겁쟁이는 될 수 있다면 재앙은 피하고 싶어."

알타이르가 자조적으로 읊조렸다.

"어쩌면 우리처럼 하찮은 존재들이 나설 일이 아닐지도 몰라. 위대하신 그분들의 뜻을 어찌 알겠는가."

"……그게 무슨 말인가?"

"제가 평화를 위해 한 몸 불사른다는, 그런 기특한 생각을 할 인간으로 보여요?"

얼떨떨하게 묻는 알타이르를 향해 아렌트가 피식 웃음을 터뜨렸다.

"필요하다면 평화를 희생시켜야죠. 내가 아니라."

깊은 밤하늘 아래에 또렷한 목소리가 선명히 새겨졌다.

아렌트는 알타이르를 똑바로 쳐다보며 한 글자씩 분명하게 내뱉었다.

"평화로운 일상 같은 건 필요 없어요. 전 앞으로도 다른 사람을 망신 주고, 괴롭히고, 웃음거리로 만들 겁니다."

애초에 '아렌트'라는 인물은 평화와는 거리가 멀었다.

사사건건 문제를 일으키는 견습 기사.

그게 바로 그가 맡은 역할이었다.

"발 걸어서 넘어뜨리고, 그걸 일으켜 주러 오는 사람도 같이 처박아 버린 뒤에 비웃을 거라고요. 미친 광신도, 기사, 엘프, 신…… 누구든 상관없어요."

유난히도 잘 들리는 목소리가 이어졌다.

알타이르는 꼭 홀린 것 같은 기분으로 견습 기사를 바라보았다.

청년의 앳된 낯에 진심으로 기대된다는 미소가 드리워 있었다.

가볍게 양팔을 벌린 아렌트가 쾌활하게 덧붙였다.

"세상 전부를 발아래에 두고 있던 놈들이 머리를 흙탕물에 처박고 허우적거리는 꼴, 굉장히 재밌을 것 같지 않아요?"

"……."

밝지도 않은 달빛 아래에 선 아렌트는 오만하기 그지없었다.

이미 양손 안에 세상을 휘어잡기라도 한 것처럼.

몇 차례 입술을 달싹이던 알타이르는 이내 헛웃음을 터뜨리고 말았다.

자신은 저 광인을 말릴 수 없다는 확신이 들었다.

아마 이 세상 어디를 뒤져도 그를 저지할 수 있는 사람은 존재하지 않을 터였다.

하다못해 그게 신이라 하더라도.

지금 대장로가 내뱉을 수 있는 대사는 딱 하나뿐이었다.

"……무운을 비네, 아렌트 경."

입버릇처럼 담던 신의 축복이 빠진 기원이었다.

그것을 알아들은 아렌트가 씨익 장난스러운 웃음을 지었다.

다음 날, 기사들은 엘프 2왕국에서 떠났다.

5장. 별일 아닌 것처럼

별일 아닌 것처럼

 밤부터 제법 흐리던 하늘은 오후가 되어서도 맑아지지 않았다.
 다행히 바람이 거의 불지 않고 비가 내릴 기미도 보이지 않아, 기사들은 예정했던 시간에 출발할 수 있었다.
 엘프 선원들이 모는 배가 빠른 속도로 바다를 갈랐다.
 아렌트는 난간에 기대서서 바다를 멍하니 바라보았다.
 흐린 하늘을 품은 바다가 탁한 빛을 머금었다.
 '찬바람을 쐬면 좀 나을 거라고 생각했는데.'
 바다를 보고 있자니 괜히 생각만 더 복잡해졌다.
 신전에서 느낀 손길은 바다의 신, 네레이스가 분명했다.
 레베카의 성채 지하에서 체르니온의 목소리를 들었을

때와 마찬가지였다.

누구도 알려 주지 않았지만 본능적으로 알 수 있었다.

그래서 더욱 불쾌했다.

직접 정신에 간섭하던 음성.

마치 파도가 쓰다듬는 것 같은 손길.

그것들에서 느낀 불쾌한 감각이 발아래에서 넘실대는 파도와 겹치며 속을 불편하게 만들고 있었다.

"진짜 미치겠네."

바닷바람에 흐트러진 은발을 아무렇게나 헝클어뜨린 아렌트는 난간에 몸을 턱 기댔다.

영웅 칸은 인간 사회에서 체르니온에 대한 기록을 말살하고, 대신 황실에 대대로 내려올 수 있도록 전쟁에 관한 짧은 기록을 남겼다.

그러나 엘프들은 전쟁 상황에 대한 기록은 전혀 남기지 않았다.

대신 어둠의 신의 설화를 신전에 남겼고, 그 결과 천벌을 받아 한 세대가 모두 사라지고 말았다.

그 주체가 루체였든 체르니온이었든, 목적은 명확했다.

'악신이자 어둠의 신인 체르니온의 존재를 완전히 말살하고 싶었던 거겠지.'

하지만 신들은 증거 인멸에 실패했다.

칸은 신의 눈을 피해서 후대에게 전언을 남겼고, 엘프들은 죽음을 불사해 기록을 지켜 냈다.

그리고 지금.

악신교가 다시 고개를 들며 그들이 남긴 유지가 기사들 앞에 떨어졌다.

아렌트는 시선을 아래로 떨어뜨렸다.

철썩, 철썩.

새하얀 파도가 배의 옆구리에 부딪혔다가 사라지기를 반복했다.

'그래도 한 가지 가설은 세울 수 있겠군.'

신들은 세상에 직접적으로 간섭하는 게 가능하다.

엘프 한 세대를 몰살시킨 게 그 증거였다.

하지만 신도들이 말하는 것만큼 전지전능한 것 같지는 않았다.

아직도 루체 신이 악신교를 박멸하지 못했고, 체르니온이 세상을 집어삼키지 못했으니까.

'서로의 권능에는 간섭하지 못하는 거겠지.'

엘프들은 죽일 수 있지만, 서로의 신도는 살해하지 못한다.

그게 비등한 힘을 가진 빛의 신과 어둠의 신의 한계일 것이다.

그래서 자신을 따르는 신도들의 힘을 빌려 전쟁을 벌이

는 걸 테고.

 어쩌면 영웅 칸이 활약했던 전쟁만이 아니라, 이 땅에서는 그런 식의 다툼이 끝도 없이 반복됐을지도 몰랐다.

 '미친 새끼들.'

 난간 위에 올라간 손에 힘이 들어가며 저절로 주먹이 쥐어졌다.

 생각이 여기까지 이어지자, 잠깐 묻어 두었던 문제 역시 슬그머니 고개를 들었다.

 '난 왜 여기에 있지?'

 그 빌어먹을 존재들이 자신에게 관심을 두고 있다는 건 확실했다.

 하지만 그 의도를 알 수가 없었다.

 머리가 재차 복잡해졌다.

 그때, 갑자기 뒤에서 불쑥 인기척이 느껴졌다.

 미처 거기에 반응할 틈도 없이 어깨에 손이 턱 올라왔다.

 "야."

 "……!"

 반사적으로 손을 탁 쳐 내고 뒤를 돌아보았다.

 예상했던 것보다 훨씬 격한 반응에 놀란 아서가 눈을 휘둥그레 뜨고 있었다.

 "뭐, 뭐야. 왜 그렇게 놀라?"

 "……."

몇 초 동안 멀뚱멀뚱 서 있던 아렌트가 곧 와락 인상을 찌푸리고 짜증을 터뜨렸다.

"와, 씨. 깜짝이야. 기척 좀 내고 다녀요."

"넋 놓고 있던 게 누군데 나한테 신경질이야?"

아서 역시 지지 않고 쏘아붙였다.

"엘프 왕국에 들어갈 때는 멀쩡하던 놈이 갑자기 무슨 멀미래."

"선배같이 둔해 빠진 사람이야 당연히 괜찮겠죠."

"그게 다 정신력이 부족한 거야."

아서가 언젠가 아렌트가 지껄이던 대사를 똑같이 따라 했다.

곱지 않은 눈으로 아서를 흘겨본 아렌트가 난간에 등을 기대고 그를 마주 보았다.

"왜요?"

"리히트 선배가 이거 너 주라고 하시더라."

퉁명스레 대꾸한 아서가 가지고 온 병을 내밀었다.

"멀미약이야. 엘프 선원한테 받았대."

"하여튼, 오지랖은."

투덜대면서도 아렌트는 그가 내미는 것을 받았다.

코르크 마개를 여니 약초 냄새가 확 풍겼다.

아렌트의 얼굴이 구겨지는 것을 본 아서가 선수 쳤다.

"쓰다고 버릴 생각 하지 마라, 너. 당장 먹어."

"……."

속이 안 좋은 건 멀미 때문이 아니었지만, 아서는 그가 병을 비우는 것을 확인하기 전까지는 물러서지 않을 기세였다.

결국 아렌트는 한숨을 푹 내쉬며 맛없는 물약을 한 번에 들이켰다.

"……으엑."

"그나저나 넌 무슨 생각을 그렇게 하냐? 대장로님이랑 무슨 이야기를 했길래 그래?"

아서가 지나가는 말처럼 물었다.

아무렇지도 않은 척 말했지만, 은근히 신경을 쓰고 있다는 게 느껴졌다.

빈 병을 손안에서 한 번 굴린 아렌트가 어깨를 으쓱했다.

"……딱히 대단한 건 아니고. 빡치게 만드는 놈들부터 두들겨 패 줘야겠다는 생각은 했어요."

"미치겠네. 너 왜 또 눈이 돌았어?"

진심이 듬뿍 들어간 한마디에 아서가 질색했다.

그는 꿈에도 모를 것이다.

아렌트를 빡치게 만드는 놈들에 루체 신도 포함되어 있다는 사실을.

아렌트는 아서를 힐끗 보고는 피식 웃음을 흘렸다.

"평화나 마저 즐겨 둬요, 선배. 돌아가면 바로 정신없어질 테니까."

"……진짜 무슨 일 있었냐?"

"넵, 황궁에 돌아가면 보고할게요."

물론 어느 정도는 걸러서 이야기할 거지만, 그것들만 공유해 줘도 아마 발칵 뒤집힐 것이다.

아서가 한숨을 푹 내쉬며 고개를 내저었다.

"그래. 뭐가 됐든 살살 해라, 제발. 단장님 위장에 구멍 뚫리기 직전이니까."

"단장님은 왜요? 대장로님 상대로 화풀이 실컷 했던 거 아닌가?"

"……."

진심으로 몰라서 묻냐는 듯한 힐난의 시선이 아렌트에게 향했다.

그걸 몰라볼 아렌트가 아니었지만, 뻔뻔하게 아서를 마주 볼 뿐이었다.

"뭘 그렇게 봐요? 새삼 봐도 잘생겼다는 건 압니다만."

"……."

늘 그렇듯, 부정할 수 없다는 게 제일 열 받았다.

주먹을 꽉 쥐고 부들부들 떠는 아서를 내버려 둔 채, 아렌트는 햇살이 부서지는 바다 쪽으로 눈을 돌렸다.

'누가 이기는지 보자고.'

황금색 눈동자에 설핏 그림자가 드리웠다.

바다의 신이 뭘 말하고 싶었던 건지는 모르겠지만, 일단은 들이받아 볼 생각이었다.

물러설 자리는 없었다.

이미 극은 시작된 지 오래니까.

* * *

기사단을 배웅 나온 엘프들은 네펠레 왕국에서 작별했다.

호위 겸으로 나선 실비안은 칼리온 제국까지 함께 가길 원했지만, 라이오스가 거절했다.

"괜찮습니다. 복귀하셔서 대장로님께 손을 보태 주십시오."

지금 한참 소란스러울 엘프 왕국을 배려한 것이다.

그의 단호한 말에 실비안 역시 뜻을 굽힐 수밖에 없었다.

"알겠습니다. 감사합니다. 다음 기회에 뵙겠습니다."

네펠레 왕국에서 하루 동안 휴식한 뒤, 엘프들은 다시 왕국으로 돌아갔다.

기사들 역시 칼리온 제국으로 복귀하는 길에 올랐다.

평소와 다를 것은 없었다.

단, 출발한 지 딱 하루가 지났을 때.

아렌트가 갑자기 우뚝 말을 멈추기 전까지는.

"아."

"왜 그러지? 뭐 문제라도 있나?"

선두에 있던 라이오스 역시 덩달아 말을 세웠다.

자신을 의아하게 바라보는 단장에게 아렌트가 담백하게 대답했다.

"뭐 잊어버린 것 같지 않아요?"

"잊어버렸다고?"

"황태자 전하께서 틈틈이 보고하라고 하셨던 것 같은데."

"아."

곧이어 라이오스와 다른 두 기사의 입에서도 얼빠진 소리가 튀어나왔다.

그러고 보니 엘프 왕국에 발을 들인 이후로 단 한 번도 황실에 연락하지 않았다.

르웰린이 의아하게 물었다.

"그랬어?"

"아무래도 그렇지? 중간보고는 필수 사항이니까."

아렌트가 간단히 고개를 끄덕였다.

태연한 견습 기사와는 달리 단장과 선배들의 표정은 점차 썩어 들어가고 있었다.

아서가 떨떠름하게 중얼거렸다.

"……솔직히, 도착하자마자 너무 많은 일들이 있었습니다."

기 싸움하고, 술에 절여지고, 첩자를 찾다가 저 망할 견습 기사가 꾸민 자작극에 어울리기까지 했다.

굳어 버린 선배들을 버려두고, 아렌트가 느긋하게 다시 말을 몰았다.

"다들 기사 맞습니까? 빠져 가지곤."

사이에 끼인 르웰린이 양쪽의 눈치를 보다 결국 후다닥 아렌트의 뒤를 따랐다.

말고삐를 쥔 기사들의 손이 부들부들 떨렸다.

다그닥, 다그닥.

급할 것 없다는 듯 들리는 말발굽 소리가 미치도록 얄미웠다.

* * *

그런 사유로, 황궁에 복귀하자마자 그들은 황태자의 허망한 얼굴을 마주해야만 했다.

"……라이오스 단장."

"……죄송합니다."

"경들이 무사 복귀한다는 걸 네펠레 왕실을 통해서 전해 들었는데, 이 점에 대해서 어떻게 생각하지?"

"죄송합니다."

라이오스는 고개를 숙이고 묵묵히 같은 말만 반복했다.

그런 단장을 바라보는 황태자의 눈에 회의감이 가득 찼다.

옆에 나란히 선 리히트와 아서 역시 식은땀을 흘리며 애써 황태자의 시선을 피하고 있었다.

어째선지 르웰린 역시 함께 혼나는 것처럼 뻣뻣하게 굳어서 서 있었지만……

모든 일의 원흉인 아렌트만은 예외였다.

칸타레스의 시선이 아렌트에게 닿았다.

"야."

황태자와 눈을 마주친 견습 기사가 뻔뻔하게 고개를 옆으로 기울였다.

"왜요?"

"너는…… 너는 진짜……."

뭐라 더 말하려던 칸타레스는 이내 말꼬리를 흐렸다.

할 말이 없어서가 아니었다.

오히려 너무 많은 말이 속에서 치고 올라오는 바람에 목 끝에서부터 턱 걸린 것에 가까웠다.

"얘기 좀 잘해 보라고 보냈더니, 뭐?"

결국 황태자의 입에서 울분 어린 목소리가 튀어나왔다.

엘프 왕국에서 있었던 일을 모두 보고받은 칸타레스는, 그야말로 날벼락 맞은 기분에 휩싸이고 말았다.

정령석을 반환하고 협상을 해 오라며 보냈더니, 이놈들이 온갖 깽판을 쳐 놓고 돌아왔으니까.

"장로님을 납치해? 게다가 대장로님을 협박했다고……? 심지어는 엘프 쪽 첩자를 찾겠다고 자작극을 벌여서?"

"……."

불길함을 감지한 르웰린이 슬쩍 뒤로 물러섰다.

아렌트가 대꾸했다.

"좀 소란스럽긴 했지만 다 잘됐잖아요. 뭐가 불만이신데요?"

"……."

"좋은 말로 해서 풀 상황도 아니었고. 애초에 각오하셨던 일이잖아요."

한참 동안 가만히 듣던 칸타레스가 화를 꾹꾹 누르며 물었다.

"……라이오스 단장, 단장도 그렇게 생각하나?"

"죄송…… 합니다."

라이오스는 이번에도 똑같은 말만 앵무새처럼 반복할 뿐이었다.

아렌트가 어깨를 으쓱였다.

"기는 확실히 죽여 놨어요. 고마워하셔도 좋아요."

"야, 이 미친놈아!"

결국 울컥한 칸타레스가 손에 잡히는 책을 냅다 집어던졌다.

하지만 아렌트는 예상했다는 듯 그것을 자연스럽게 턱 받아 냈다.

"체통 좀 지키시죠? 물건을 이렇게 던지셔서야, 원."

"내가 언제 거기까지 하라고 했냐! 까닥 잘못했으면 어쩔 뻔했어?"

"잘됐잖아요. 그러면 된 거지. 그리고 대장로님한테 외교적 문제니 뭐니 협박하신 건 단장님이라고요."

바락바락 외치는 칸타레스에게 태연히 대꾸하며, 아렌트는 슬쩍 라이오스에게 화살을 돌렸다.

"솔직히 한술 더 뜬 건 단장님 아니에요? 장로님들이 완전 단장님한테 벌벌 떠시던데."

"……."

칸타레스의 배신감 가득한 눈이 라이오스를 향했다.

라이오스는 슬쩍 시선을 피하면서도 고집스레 대답했다.

"……죄송합니다. 하지만 필요한 일이었습니다."

"이놈의 기사단 진짜……."

마른세수를 하며 칸타레스가 탄식을 흘렸다.

어째서 하루하루 사고뭉치가 증식하는 것 같은지.

통탄할 노릇이었다.

슬그머니 다가온 제레온이 따뜻한 차와 두통약을 건네주었다.

"그래도 성과는 제대로 거두었으니, 일단은 진정하시

는 게……."

"지나친 성과잖아. 제국이 엘프 왕국을 겁박한 거랑 뭐가 달라?"

지끈대는 머리를 부여잡은 칸타레스가 한탄했다.

그러자 잠자코 있던 르웰린이 슬그머니 끼어들었다.

"대장로님도 그렇게까지 생각은 안 하실 겁니다. 정확히 말하자면 아렌트가 엘프 왕국을 겁박한 거죠."

"맞습니다. 저 성질머리가 하늘 아래 두 명 있을 리는 없으니…… 제국과는 상관없이 제멋대로 날뛰는 놈이라는 건 대장로님도 깨달으셨을 겁니다."

"……."

옆에서 아서까지 그렇게 주절대다가 리히트의 눈총을 받고 입을 다물었다.

칸타레스는 관자놀이를 꾹꾹 눌렀다.

일리 있는 말이었지만, 그렇다고 해서 위로가 되는 건 아니었다.

놈들이 입을 한 번 열 때마다 수명이 깎여 나가는 기분이었다.

'더 상대해 봤자 내 손해지.'

칸타레스는 그냥 화제를 돌려 버렸다.

"그래서…… 하아, 드래곤의 책을 찾아냈다고?"

"네, 보시겠습니까?"

라이오스는 가지고 있던 책을 칸타레스에게 건네주었다.

칸타레스는 보석으로 장식된 화려한 책을 앞뒤로 꼼꼼하게 살폈다.

"보통 물건이 아니라는 건 알겠군. 내용은?"

"엘프 측도 읽지 못했다고 합니다. 아마 용언으로 작성된 것이 아닐까 추측 중입니다. 곧 슈타들러 백작님께서 책을 확인하러 황궁을 방문하시기로 했습니다."

라이오스가 대답했다.

고개를 끄덕인 칸타레스가 책을 내려놓았다.

"책은 손에 넣었고. 이제 어떻게 할 거야? 그 드래곤이 찾아오라고 했다면서."

"그렇지 않아도 복귀하는 길에 확인해 봤는데, 연합 쪽에서 소득이 좀 있는 것 같아요."

그렇게 대답하며 아렌트가 르웰린을 보았다.

르웰린이 뿌듯하게 미소 지으며 고개를 끄덕였다.

"지금까지 발견된 드래곤 레어들 주변 지역으로 수하들을 보내 뒀거든요. 그래 봤자 몇 군데 안 되지만요."

독립적인 생활을 하는 드래곤들이었지만, 그래도 레어 위치를 고르는 취향에는 공통점이 있었다.

기존에 발견된 레어 주변을 훑으면 렉시온의 터전을 발견할 수 있을지도 모른다는 계획이었다.

"예전에 네펠레 왕국에 인간의 모습으로 나타나서 알

로이스를 유혹했잖습니까? 그 점으로 짐작하건대, 아마 렉시온은 유희에 익숙한 드래곤일 겁니다."

"그렇죠."

칸타레스가 고개를 끄덕여 주자 르웰린이 더 신이 나서 주절대기 시작했다.

"그렇다면 지금도 인간 행세를 하고 있을 확률이 커요."

"그렇다면 레어를 훑는 건 의미가 없는 일 아닙니까?"

"아니죠! 아렌트에게 책을 찾아오라고 시킨 뒤에도, 그 드래곤은 혼자서 제국을 헤집고 다녔으니까요. 선대 황제 폐하의 서재에 흔적을 남겨 놓은 게 그 증거예요."

게다가 렉시온은 기사들이 진의 연구소에 향하도록 유도하기까지 했다.

"렉시온은 어떻게 진이 레어를 점거하고 있었다는 걸 알았을까요? 이건 제 추측입니다만, 드래곤이 책을 찾으려고 다른 레어를 돌아다니고 있는 게 아닌가 싶어요."

그러다 우연히 진의 연구실을 발견했고, 아렌트 일행이 향하는 곳에 한발 먼저 가 단서를 남겨 둔 것이다.

칸타레스가 고개를 갸웃했다.

"잠깐, 레어에 수하들을 보냈다는 겁니까? 이미 발견된 레어들은 각 나라에서 철저히 관리하지 않습니까?"

"그렇죠. 칼리온 제국도 그렇고. 경비를 얼마나 많이 세우

든 드래곤에게야 아무짝에도 쓸모없겠지만. 그리고……."

거기까지 말한 르웰린이 잠깐 뜸을 들였다.

칸타레스는 약간의 불길함을 느꼈다.

"……왕자, 무슨 말을 하려는 겁니까?"

"제 부하들도 꽤 유능하거든요. 이미 다 발굴된 레어에 숨어드는 것쯤이야. 하하!"

"……."

탁.

칸타레스가 이마를 짚었다.

하지만 르웰린은 여전히 당당했다.

"괜찮습니다! 안 들켰으니까요."

"……그래서요?"

"제일 최근 칼리온 제국에서 발견된 마정석 광산과 호수 레어를 제외하고, 인간에게 발견된 레어는 대부분 다 텅 비어 있었잖아요?"

보통 보석이나 옷가지 정도가 남아 있을 뿐, 마정석 광산처럼 온갖 자료들과 서적이 발견된 경우는 없었다.

그래서 슈타들러 백작이 그렇게나 호들갑을 떨어 댄 거였다.

"아마 드래곤이 레어를 떠나기 직전에 전부 정리한 거겠죠. 즉, 드래곤들에게 레어를 비워야 할 사정이 생겼다는 겁니다."

말이 점점 길어지자 황태자가 살짝 인상을 찌푸렸다.

"알아들었습니다."

"그 레어들 중 한 군데에 최근 침입자가 있었…… 아, 저희 애들은 아니에요! 확실합니다!"

칸타레스의 눈에 미심쩍다는 빛이 서리자 르웰린이 급하게 변명을 덧붙였다.

"어차피 텅 빈 레어라서 큰 소동은 벌어지지 않았답니다. 거기에서 짐작한 건데…… 렉시온은 극히 최근에 수면기에서 깨어난 드래곤이 아닐까 해요."

"수면기요?"

"네. 드래곤은 수면 상태에서 마력을 비축하며 휴식하는데, 몇십 년에서 길게는 수백 년까지도 잠들어 있다고 합니다."

르웰린이 설명을 덧붙이자 칸타레스가 눈썹을 찌푸렸다.

"전쟁이 한창이었거나, 종전된 지 얼마 안 된 무렵에 수면기에 들었다가…… 최근 들어 렉시온이 깨어났을지도 모른다는 말씀이십니까?"

"네, 그렇습니다. 그래서 레어들이 빈 상태로 발견되었다는 것도, 80년 전에 이미 책이 엘프 왕국에 흘러들었다는 것도 알 수 없었던 겁니다."

합당한 추리였다.

칸타레스가 고개를 끄덕였다.

"부하들을 빈 레어에 침투시킨 까닭은요?"

"내부에 물건을 몇 개 넣어 뒀습니다. 낡은 책이나 골동품 같은 것들을요. 이따금 드나들면서 위치가 바뀐 건 없는지 확인했습니다."

상당히 위험한 모험이었다.

가만히 듣던 리히트가 물었다.

"무모한 짓 아닙니까?"

"그야 그렇지만, 운 좋으면 드래곤을 직접 마주칠 수도 있는 작업이라고 말하니까 다들 너 나 할 것 없이 나서던데."

"……"

"듣자 하니 몇몇은 서로 하겠다면서 싸움까지 났다더라."

모험가라는 작자들도 다들 반쯤 정신이 나간 게 틀림없었다.

리히트가 입을 다물자 르웰린이 말을 이었다.

"그러다 한 군데에서 성과가 난 겁니다. 명백히 누군가가 건든 흔적이 있었거든요."

"드래곤이 그 정도 술수를 눈치 못 챘을 것 같지는 않습니다만."

"눈치챘겠지만, 별로 신경 안 쓸 겁니다."

애초에 한낱 인간에게 책을 찾아다 바치라고 말한 것은 드래곤이었다.

"어린애 장난에 심각하게 화내는 어른이 없듯이, 우리는 그 드래곤의 유희에 어울려 주는 것일 뿐이니까요."

르웰린의 말에 칸타레스는 조금 묘한 기분이 되고 말았다.

"어린애 장난에…… 유희군요."

"원래 그런 종족이니까요."

왕자가 장난스레, 하지만 어쩐지 쓸쓸함이 느껴지는 미소를 지으며 고개를 끄덕였다.

"여하튼, 렉시온이 나타난 레어 근처 민가들을 수색했습니다. 그 결과, 알로이스 전 왕세자가 말한 외견과 흡사한 외지인이 여관에서 식사하는 걸 봤다는 증언을 얻었고요."

여기까지가 엘프 왕국에서 복귀하자마자 받은 보고였다.

"제일 최근 목격된 건 칼리온 제국과 에버란 왕국 사이의 국경 즈음인데…… 일단은 거리를 두고 좀 더 지켜볼 생각입니다. 필요하면 노이만 상단의 정보부 힘도 빌릴 예정이고요."

거기까지 말한 르웰린이 잠깐 뜸을 들이다가 덧붙였다.

"사실 제 부하들 따위야 쉽게 따돌릴 수 있겠지만, 가끔 모습을 드러내는 걸 보면…… 아무래도 일부러 흔적을 남기는 것 같습니다."

본인을 찾아오라는 뜻일 터였다.

모두의 시선이 자연스레 아렌트에게 모여들었다.

아렌트가 눈썹을 치켜올렸다.

"왜 날 봐요?"

"르웰린 왕자의 말대로라면 드래곤의 대략적인 위치도 파악된 것 같은데, 이제 어쩔 거지?"

칸타레스가 물었다.

렉시온이 찾던 물건은 손안에 들어왔다.

이제 남은 건 그에게 건네주는 것뿐이었다.

아렌트는 잠깐 고민하듯 입을 다물고 있었다.

황금빛 시선이 책에 닿았다가 떨어졌다.

답지 않게 뜸이 길어지자 칸타레스가 다시 그를 재촉했다.

"직접 움직일 건가? 그 드래곤이 너한테 전언을 남겼잖아. 찾아오라고."

"네, 그랬죠."

아렌트가 선뜻 고개를 끄덕였다.

그러자 라이오스가 인상을 찌푸렸다.

"지금 당장 움직이는 건 위험합니다. 적어도 준비를 제대로 한 뒤여야 합니다."

"물론 그렇지. 오늘 막 복귀한 참이니……."

막 황태자가 단장의 말에 호응하려는 찰나, 아렌트가

툭 내뱉었다.

"그런데요."

시선을 다시 아렌트에게 옮긴 칸타레스가 흠칫했다.

다른 이들 역시 표정이 묘해졌다.

아렌트 특유의 무심한 낯이 어쩐지 뚱하니 보였다.

삐딱하게 선 자세와 불손한 황금색 눈동자에서는 굳이 숨기지 않는 불만이 묻어 나왔다.

비대칭으로 휜 눈썹은 아렌트가 입을 다물고 있던 짧은 시간 동안 심경의 변화가 있었다는 뜻이었다.

아니나 다를까, 삐딱하기 그지없는 한마디가 튀어나왔다.

"굳이 내가 가야 하나?"

"……"

일동이 입을 꾹 다물었다.

황태자의 집무실에 진득한 침묵이 흘렀다.

한참 뒤, 간신히 정신을 되찾은 르웰린이 더듬더듬 물었다.

"무, 무슨 소리야?"

"굳이 내가 직접 가야 하냐고. 안 그래도 바빠 죽겠는데."

아렌트가 어깨를 으쓱했다.

덕분에 그들은 모두 아연실색하고 말았다.

그 말이 시사하는 바는 지나치게 명확했다.

조용해진 황태자의 집무실에 아렌트의 목소리만이 이어졌다.

"생각해 보세요. 어차피 드래곤이 사방팔방 찾아 헤매는 책은 여기에 있잖아요."

"……."

"그렇다면 지금 아쉬운 쪽은 내가 아니라 그 파충류 놈 아니에요?"

"……."

그들은 말문이 막히고 말았다.

아렌트가 천연덕스럽게 어깨를 으쓱했다.

"원하는 게 있으면 그쪽에서 찾아와야죠. 바쁜 사람 오라 가라 할 게 아니라."

"……야, 너 상대가 드래곤이라는 건 안 잊어버렸지? 마음만 먹으면 황궁쯤이야 얼마든지 날려 버릴 수 있는 존재라는 거 몰라?"

관자놀이를 꾹꾹 누른 칸타레스가 가까스로 운을 뗐다.

하지만 아렌트는 여전히 당당했다.

"뭐, 책까지 한꺼번에 날려 버리고 싶다면 그러겠죠. 게다가 여기엔 드래곤의 유해도 있고."

"……."

"볼일이 있는 쪽이 직접 와야죠. 전 급할 거 하나도 없거든요."

아렌트가 씨익 웃는 것을 본 라이오스의 눈이 잠깐 허공을 헤맸다.

아무래도 잠깐 마음속으로 루체 신을 찾는 것 같았다.

다른 이들 역시 심정은 마찬가지였다.

그러거나 말거나, 아렌트는 제 할 말만 할 뿐이었다.

"르웰린."

"……왜, 이 자식아."

르웰린이 힘없이 대답하자 아렌트가 가볍게 말했다.

"아직 드래곤을 추적 중인 거지?"

"그렇다니까. 일부러 드래곤이 조금씩 흔적을 흘리고 있다고."

"그러면 이쪽에서 접촉할 방법도 있겠네, 그렇지?"

확인하듯 묻는 말에 르웰린이 찜찜한 얼굴을 하면서도 고개를 끄덕였다.

"쉽진 않겠지만, 일단 가능하긴 하겠지."

"그럼 나중에 그 잘나신 드래곤한테 전언이나 좀 남기라고 해."

"……?"

르웰린이 불안한 눈으로 아렌트를 보았다.

그와 시선을 마주친 아렌트가 무심한 얼굴로 담백하게 덧붙였다.

"네놈이 원하는 물건을 가지고 있다, 넘겨받고 싶다면

직접 찾아와라…… 뭐 이 정도면 충분하겠지. 발신자는 꼭 내 이름으로 하고."

노골적인 협박 문구에 그들은 재차 할 말을 잃어버리고 말았다.

"……."

"참고로 이건 고용주로서 하는 주문이다. 토씨 하나 틀리지 말고 전달해. 내가 네 연합에 돈을 얼마나 쏟아부었는지 잘 알지?"

아렌트의 은근한 목소리가 뒤따랐다.

즉, 돈을 도로 토해 내기 싫으면 잠자코 따르라는 말이었다.

르웰린은 그대로 얼어붙어 버렸다.

잠시 후.

그는 황태자의 앞이라는 것도 잊어버린 채, 진심에서 우러나온 욕을 입 밖으로 중얼대고 말았다.

"이 망할 새끼……."

르웰린에게 안타깝다는 시선이 모였다.

당연한 일이었다.

졸지에 드래곤에게 선전 포고를 하게 생겼으니까.

남들이 자신을 동정한다는 것을 알아차린 르웰린이 억울하게 외쳤다.

"아니, 그렇게 쳐다보실 거면 말리기라도 하세요!"

별일 아닌 것처럼 〈249〉

"말린다고 듣는 사람이 아니니까요."

제레온이 쓴웃음을 지으며 답을 내어 주었다.

틀린 말이 아니었기에 결국 르웰린은 괜히 아렌트를 사납게 쏘아보았다.

"너, 대신 약속해. 드래곤에 대한 일이 끝난 뒤에도 투자는 계속하겠다고."

"말만 해. 마정석이라도 몇 개 얹어 줄까?"

뻔뻔한 대답에 결국 르웰린은 다시 한번 양손에 얼굴을 파묻을 수밖에 없었다.

"이 개새끼……."

에버란 왕국의 지나치게 자유분방한 골칫덩이 막내 왕자가 이도 저도 못 하고 꼼짝없이 당하는 건 제법 진귀한 광경이었다.

하지만 저 모습이 이상하게 보이지 않는 건 역시 상대가 상대인 탓이었다.

제레온이 작게 중얼거렸다.

"요즘 좀 철이 드신 것 같기도 한데……."

"젠, 착각이야. 옆에 있는 놈이 독보적인 또라이라서 그런 거라고. 남의 나라 드래곤 레어에 자기 부하들을 침투시키는 것도 정상은 아냐."

"그렇군요."

칸타레스가 꺼림칙한 얼굴로 대꾸하자 제레온이 순순

히 고개를 끄덕였다.

서럽게 구시렁대는 르웰린을 내버려 두고, 라이오스가 다시 운을 뗐다.

"아렌트, 마지막 날 밤에 대장로님과 나눈 대화는 뭐지?"

잊어버린 줄 알았는데 계속 마음에 걸렸던 듯했다.

르웰린을 실컷 놀리고 뿌듯해하던 아렌트가 미간을 구겼다.

"갑자기 그걸 물으십니까?"

"제법 중대한 이야기가 오간 것 아니었나? 복귀하는 길에 나눌 대화는 아닌 듯해서 지금까지는 묻지 않았다만."

그러나 라이오스는 담담하게 되물었다.

빨리 불라는 재촉이었다.

쯧 혀를 찬 아렌트는 잠깐 뜸을 들이다 평소와 같이 아무렇지도 않은 어조로 대답했다.

"대장로님의 윗세대 엘프가 한 명도 남지 않았다는 게 이상해서, 무슨 일이 있었는지 여쭤봤어요."

"……"

그들이 표정이 단박에 묘해졌다.

아렌트는 내친김에 황태자에게 물었다.

"이전에 엘프 쪽에 물어본 적 없어요? 아무리 전쟁이 있었다지만, 생존자가 하나도 없다는 건 누가 봐도 부자연스러운 일이었을 텐데."

 잠깐 침묵하던 칸타레스가 한숨을 섞어 대답하는 말에, 견습 기사는 아무렇지도 않은 얼굴로 대꾸했다.

"하아······. 당연히 이상하다고는 생각했지. 하지만 인간이 묻는다고 해서 쉽게 대답해 주실 리가 없잖아. 지금까지는 칼리온 제국이랑 엘프 왕국이 살가운 사이도 아니었고."

"대답해 주시던데요."

"그래서 지금 새삼 막막해졌어. 도대체 대장로님을 얼마나 털어 댄 건지 감이 안 잡혀서."

 관자놀이를 꾹꾹 누르기 시작한 황태자가 짧게 물었다.

"그래서, 뭐라고 하셨는데?"

"전쟁에서 돌아온 사람이 없지는 않았대요. 그런데 어느 날부터 갑자기 한두 분씩 돌아가시기 시작했어요. 자결한 몇몇 분을 제외하고는 사인도 제대로 밝히지 못했고, 그러다 보니 아무도 안 남게 되었다고 합니다."

 칸타레스의 얼굴이 굳었다.

"원인은?"

"결국 끝까지 못 밝혔대요."

 아렌트가 어깨를 으쓱했다.

 신이니 천벌이니 하는 말은 쏙 뺀 설명이었다.

 가만히 듣던 르웰린이 앓는 소리를 냈다.

"무슨 일이 있었다는 건 확실하단 거군…… 갈수록 태산인데."

"마지막 사망자가 나온 게 알타이르 대장로님이 성년이 되신 무렵이래요. 그게 80년 정도 되었으니, 사실상 더 조사하는 것도 불가능하죠."

"음……."

아렌트가 덧붙인 말에 칸타레스가 앓는 소리를 냈다.

"악신교 잔당에게 공격당한 건가?"

"그런 것치고는 시기가 애매합니다. 전쟁이 끝난 지 한참 뒤에도 사망자가 계속 나왔다는 뜻이잖아요."

르웰린 역시 인상을 찌푸리며 진지하게 고민에 빠져들었다.

입을 다문 이들을 물끄러미 보고 있자니 또 속이 좀 불편해졌다.

'일단은 이 정도로 넘어갈 수 있겠지.'

이 자리에서 머리 회전이 느린 사람은 단 한 명도 없었다.

그런데도 이 떼죽음이 신이 벌인 만행이라는 데까지는 채 생각이 미치지 않는 것 같았다.

그때, 라이오스가 문득 입을 열었다.

"그것 뿐인가?"

"네?"

뜻밖의 물음에 잠시 눈을 깜빡이던 아렌트가 눈썹을 구

졌다.

"여기에서 뭘 더 바라시는데요? 딱히 더 알아낸 건 없다니까요. 알아낼 수 있는 방법도 없고."

"아니, 그거 말고. 이동하는 내내 다른 생각을 하는 것 같았다만. 아직 말 안 한 부분이 있는 것 아닌가?"

답을 요구하듯, 라이오스가 그를 가만히 바라보았다.

르웰린과 칸타레스 역시 멈칫하며 대화를 끊고 라이오스와 아렌트 쪽으로 시선을 옮겼다.

잠자코 있던 아서와 리히트도 마찬가지였다.

아렌트가 미간을 찌푸리며 투덜거렸다.

"생각이야 많이 했죠. 전쟁 끝나고 난 뒤부터 긴 시간 동안 사람이 서서히 죽어 나갔다고 했잖습니까. 당연히……."

"그러니까 무슨 생각을 했냐고. 뭐든 결론을 내린 것 같은데, 이야기해 봐라. 경청할 테니."

"……."

라이오스는 그의 말허리를 잘라 버렸다.

이번에야말로 아렌트는 잠깐 말문이 막히고 말았다.

하지만 그도 얼마 가지 않았다.

"내가 뭐 신이라도 됩니까? 알아서들 생각해요. 대장로님도 모른다는데 내가 어떻게 알아요?"

"……그렇군."

무덤덤한 눈으로 그를 바라보던 라이오스가 천천히 고

개를 끄덕였다.

그렇다고 해서 새파란 눈동자에 담긴 의구심이 거두어지는 것은 아니었다.

아렌트는 뻔뻔하게 그를 마주 보았다.

"문제라도 있어요?"

"아니다. 일단은 넘어가지."

그제야 라이오스는 견습 기사에게서 눈을 뗐다.

그렇다고 해서 썩 믿는 눈치는 아니었다.

다른 이들 역시 석연찮다는 얼굴이었지만 다른 말을 꺼내지는 않았다.

잠깐 입을 다물고 있던 칸타레스가 화제를 돌렸다.

"……어쨌든, 이런저런 사고가 있었지만 수고한 건 사실이니까 돌아가서 휴식하도록. 젠, 르웰린 왕자를 안내해 드려."

"네, 알겠습니다."

제레온이 사람 좋은 얼굴로 싱긋 웃으며 고개를 숙였다.

마치 자신은 아무것도 못 들었다는 것 같은 태도였다.

차라리 의심하고 캐물으면 거짓말이라도 할 텐데.

아무래도 다들 그럴 생각들이 전혀 없는 것 같았다.

분명 그들은 아렌트가 뭔가를 숨겼다는 사실을 알아차렸다.

그런데도 이렇게 별일 아닌 것처럼 어물쩍 넘어가려 하

는 것이다.

'이 물러 터진 인간들.'

아렌트는 괜히 뒷목을 긁적였다. 마음 한쪽이 영 찜찜했다.

* * *

이틀 뒤, 소식을 들은 슈타들러 백작이 득달같이 쳐들어왔다.

다짜고짜 생활관으로 찾아온 백작은 아렌트의 어깨를 붙잡고 마구 흔들어 대기 시작했다.

"아, 아, 아, 아렌트 경! 드래곤의 책이 발견됐다는 게 사실입니까?!"

"잠깐만요, 잠깐만……!"

갑작스러운 소동에 한순간 기사들의 시선이 몰렸지만, 이내 사태를 확인하고는 그냥 관심을 꺼 버렸다.

아렌트는 슈타들러 백작을 힘으로 간단히 떼어 냈다.

"잠깐, 들러붙지는 마시고. 안 그래도 기다리고 있었어요."

"책, 그 책은 어디에 있습니까?"

견습 기사의 손에 꽉 붙들린 채로 백작은 흥분을 숨기지 못했다.

금방이라도 거품을 물 기세였다.

"아렌트 경이 가지고 계신 것 아닙니까? 그래서 바로 생활관으로 찾아왔습니다!"

바로 찾아왔다는 말이 사실인지 슈타들러 백작은 여행복 차림이었다.

시종들조차 어디에 떼어 놓고 달려온 모양이었다.

"일단 물이라도 마시고 기다려요. 황태자 전하랑 단장님들도 불러 모아야 하니까요."

아렌트는 백작이 더 달라붙지 못하도록 어깨를 잡은 손에 힘을 꽉 주었다.

그제야 슈타들러 백작은 한결 차분해졌다.

덕분에 조금 뒤.

백작은 황실 기사단의 세 단장과 르웰린, 칸타레스가 모인 회의실에는 비교적 멀끔한 모습으로 설 수 있었다.

"오오오……! 이것이군요!"

아렌트가 책을 건네주자 슈타들러 백작의 눈이 초롱초롱 반짝였다.

그 모습에 켄드릭이 어색하게 미소 지었다.

"백작은 어째 볼 때마다 상태가 나빠지는군."

"웃으면서 하실 말이 아닌 것 같습니다, 켄드릭 경."

옆에서 다이아나가 조용히 지적했다.

그러거나 말거나, 슈타들러 백작은 책을 이리저리 살펴보기에 여념이 없었다.

"이것은…… 오오, 아주 오래된 보석처럼 보이는군요. 아주 강력한 마법이 걸려 있는 것 같습니다만, 지금껏 보여 주셨던 아티팩트와는 또 다릅니다."

라이오스와 아렌트가 내렸던 것과 같은 결론이었다.

가죽 표지를 조심스럽게 넘겨 내용물을 확인한 슈타들러 백작이 다시 탄성을 터뜨렸다.

"맞습니다! 용언으로 작성되었습니다. 광산에서 발견된 것들과 비슷한 형태의 문자입니다."

"혹시 해석이 가능한가?"

"아니요, 유감스럽게도 그것은……."

르웰린의 물음에 백작이 아쉽게 고개를 가로저었다.

"다방면으로 노력해 보았습니다만, 문자 자체에도 해석을 방해하는 마법이 담겨 있는 것 같습니다. 이것을 읽을 수 있는 것은 아마 동족인 드래곤뿐이겠지요."

짧게 설명한 슈타들러 백작은 다시 책을 덮고 꼼꼼히 살펴보기 시작했다.

"……아주 강력한 보존 마법이 걸려 있군요. 드래곤이 건 것은 확실합니다."

잔뜩 흥분했던 것과는 달리, 장갑을 낀 채 책을 만지는 손길이 퍽 신중했다.

"정확히 알 수는 없습니다만, 마정석 광산에서 발견된 물건에 걸린 보존 청결 마법과 같은 종류인 것 같습니다."

"혹시 분석할 수 있겠나?"

칸타레스의 물음에 백작이 고개를 끄덕였다.

"연구실로 옮긴다면 당연히 정밀하게 살펴볼 수 있겠지만, 그게 여의치 않다는 건 아렌트 경께 미리 전해 들었습니다."

슈타들러 백작이 고개를 끄덕였다.

엄연히 따지자면 이건 렉시온의 물건이고, 드래곤이 앞으로 어떻게 나올지 예측할 수 없었다.

그런 상황에서 책을 연구실로 옮기는 건 바람직하지 못하다는 판단이었다.

"그래서 필요한 물건들을 마차로 운반해 왔습니다. 허락해 주신다면 회의가 끝난 이후에 바로 살펴보겠습니다."

"오래 걸려요?"

구석에 팔짱을 낀 채 서 있던 아렌트가 불쑥 물었다.

"당장 오늘부터 시작하면 내일 오전에는 끝날 겁니다. 아쉽지만 알아낼 수 있는 게 그리 많지는 않아서요."

슈타들러 백작이 아쉽게 입맛을 다셨다.

"인간의 기술로 드래곤의 마법을 파헤치는 것은 불가능에 가깝습니다. 지금껏 절절하게 느꼈지요."

광산의 물건들을 조사하며 몇 번이나 물을 먹은 그였다.

아렌트가 고개를 끄덕이며 대답했다.

"그러면 최대한 빨리 부탁드려요."

"네, 힘을 한번 써 보겠습니다."

슈타들러 백작이 결의에 찬 눈으로 고개를 끄덕였다.

가만히 대화를 듣던 다이아나가 입을 열었다.

"그 책은 아렌트 경이 전담하는 건가? 듣자 하니 드래곤이 찾는 물건이라면서."

"넵, 분석이 끝난 뒤에는 계속 제가 가지고 있을 예정이에요."

"전하께서 허락하신 일일 테니 따로 참견은 하지 않겠지만……."

다이아나가 말끝을 흐리며 살며시 눈썹을 휘었다.

"너무 위험하지 않겠나? 그렇지 않아도 드래곤에게 직접 찾아오라는 요구를 받았다고 들었다만."

"하하……."

그 말을 들은 르웰린이 해탈한 듯 웃음을 터뜨렸다.

아무것도 모르는 다이아나와 켄드릭이 의아한 표정을 지었다.

"무슨 일이라도 있습니까, 왕자님?"

"걱정 마, 다이아나 단장. 저 자식은 아무래도 혼자 뒈질 생각은 전혀 없어 보이니까."

다이아나의 물음에 르웰린이 공허한 대답을 내어놓았다.

자연스레 켄드릭이 칸타레스 쪽을 확인했다.

하지만 황태자 역시 슬그머니 고개를 돌리고 한숨을 푹 내쉬고 있었다.

"왕자, 혹시 실행했습니까?"

"일단 수하들에게 전달은…… 다들 정신 나갔냐면서 펄펄 뛰긴 했습니다만……."

르웰린이 말끝을 흐렸다.

라이오스의 눈에도 안타깝다는 빛이 스치자 아무것도 모르는 세 사람은 더욱 어리둥절해졌다.

잠시 후, 라이오스가 그들에게 아렌트의 만행을 간단히 설명해 주었다.

몇 초 후.

백작과 다이아나, 켄드릭은 칸타레스와 비슷한 모양새로 이마를 탁 짚었다.

한참 만에 다이아나가 관자놀이를 누르며 입을 열었다.

"그나저나…… 일단 다른 건 미뤄 두고, 정말 드래곤을 황궁으로 불러들이겠다는 거지? 아렌트 경, 설마 싸울 생각인가?"

"대단하시네요, 다이아나 단장님. 싸워서 이길 자신이 있으신가 봐요?"

"……."

한 치의 망설임도 없이 돌아온 빈정거림에 머리를 꾹꾹

마사지하던 다이아나가 주먹을 쥐었다.

그러거나 말거나, 아렌트는 아무렇지도 않게 덧붙였다.

"평화적으로 해결하자는 거죠, 평화적으로."

도대체 어디가?

회의실 안에 있던 모두가 동시에 떠올린 생각이었다.

아득한 눈으로 허공을 보던 켄드릭이 한마디 첨언했다.

"두말하면 입 아프지만, 자네가 한 건 화친 요청이 아니야. 오히려 결투 신청에 가깝지."

"……미리 말해 두지만, 난 책임 없어. 저놈이 시킨 대로 할 뿐이야."

르웰린이 재빨리 꼬리를 잘랐다.

그의 탐험가 연합에 대해서는 두 단장 역시 어렴풋이 알고 있었다.

'탐험가' 르웰린과 아렌트 사이에 모종의 거래가 오간 것도 대충 눈치챘다.

그간 워낙 많은 일이 벌어졌으니.

한숨을 짧게 내쉰 다이아나가 물었다.

"에버란 왕국의 왕실에서는 아직 아무것도 모르시는 것으로 압니다만…… 저희도 계속 모르는 척해야 합니까?"

"걱정하지 마. 내가 어디서 객사하면 저 망할 견습 기사한테 책임을 물을 거니까."

르웰린이 아렌트를 사납게 쏘아보았다.

하지만 그런다고 눈 하나 깜빡할 아렌트가 아니었다.

"내가 늑대 인간도 붙여 주고, 아티팩트까지 넘겨줬잖아. 그쯤 해 줬으면 네 목숨은 네가 알아서 책임져야 하는 거 아닌가? 아니면 뭐, 친구 관계 청산하고 왕자님 취급해 주고."

"다 좋은데, 한 대만 쳐도 되냐?"

"할 수 있으면 해 보든가."

자연스럽게 실랑이를 시작한 두 사람을 보며, 일동은 짧게 한숨을 내쉬었다.

켄드릭이 황태자에게 물었다.

"에버란 왕국에서는 아직 아무 말씀도 없으십니까?"

"아무래도…… 왕자가 원래도 상당히 자유분방한 성정이니. 이곳저곳 떠돌아다니다가 제국에 눌러앉았다는 것까지는 아시더군."

황태자가 내어놓은 대답에 다이아나가 회의적으로 물었다.

"그래도 괜찮은 겁니까?"

"괜찮을 리가 있나. 그렇다고 다른 방법이 있는 것도 아니니, 그냥 지켜만 보는 거지."

별일 아닌 것처럼 〈263〉

애초에 에버란 왕국의 왕실은 탐험가 연합의 존재조차도 모르는 상태였다.

처음부터 르웰린이 비밀로 해 달라며 신신당부한 탓에 차마 알릴 수가 없었던 탓이었다.

가만히 듣던 제레온이 슬그머니 끼어들었다.

"다음에 에버란 왕실 측에 사과 선물이라도 보내시는 게······."

"그래야겠어. 그래야 내 속이라도 편해지겠지."

칸타레스가 괴롭게 고개를 끄덕였다.

그때, 보다 못한 켄드릭이 불쑥 끼어들어 화제를 돌렸다.

"그래서, 아렌트 경. 자네가 말하는 평화적 해결이라는 게 뭐야? 드래곤을 불러들여서 뭘 어쩌려고. 물론 경이 직접 찾아가는 것도 찬성할 수는 없다만."

"빚진 걸 받아 내야죠."

르웰린과의 실랑이를 멈춘 아렌트가 담백하게 대답했다.

의외의 단어가 튀어나오자 켄드릭이 되물었다.

"빚이라니?"

"네펠레 왕국의 또라이 전 왕세자도 그렇고. 호수를 무단 점거했던 또라이 엘프도 그렇고. 본인이 처리해야 할 일을 우리한테 떠넘긴 거니, 빚 맞죠."

아렌트가 천연덕스럽게 어깨를 으쓱했다.

"그리고 아무래도 여러모로 쓸모가 많을 것 같거든요."
"……드래곤에게 쓸모라는 말을 붙여도 되는 건가?"
"하지만 사실인걸요."
다이아나의 지적에 그가 어깨를 으쓱했다.
그러고는 갑자기 화살을 슈타들러 백작에게 돌렸다.
"백작님."
"네, 네?"
화들짝 놀라 대답하는 백작에게 아렌트가 씨익 미소 지어 보였다.
"그 책을 비롯해서 아직 해독 못 한 문헌들, 읽고 싶지 않아요?"
"……!"
그리고 그들은 보았다.
드래곤을 도발했다는 소식에 겁에 질려 있던 슈타들러 백작의 눈빛이 180도 변하는 것을.
유혹하는 듯한 아렌트의 목소리가 차근차근 이어졌다.
"아까 말씀하셨잖아요. 그 문자를 읽을 수 있는 건 작성자 본인 아니면 동족인 드래곤뿐이라고. 결국 드래곤이 있으면 해독도 가능한 거잖아요. 그쵸?"
"하, 하, 하지만……."
"읽고 싶지 않아요?
백작의 얼굴에 강렬한 갈등이 서렸다.

아렌트는 더 이상 아무런 말도 하지 않고 그를 지그시 바라보기만 했다.

결국 아렌트의 눈빛을 이기지 못한 슈타들러 백작이 고개를 푹 숙이고 말았다.

잠깐의 침묵이 흐르고.

슈타들러 백작이 자신이 생각해도 민망한 듯, 얼굴을 가린 채 웅얼거렸다.

"좋은…… 생각 같습니다."

"봤죠?"

제 편을 또 하나 얻어 낸 아렌트가 뻔뻔하게 지켜보던 이들을 돌아보았다.

이미 단장들은 저마다 포기 상태였다.

한숨을 푹 내쉰 다이아나가 고개를 들었다.

"알겠으니…… 어떤 식으로 대비해야 하는지라도 알려 주지 않겠어, 아렌트 경?"

"사실 저쪽이 어떻게 나올 건지 예상할 수 있는 건 아니라서요. 하지만 필요 이상으로 과격한 짓은 하지 않을 테니, 경비만 강화하면 괜찮지 않을까요?"

르웰린이 고개를 끄덕였다.

"그 점은 나도 동의해. 아무래도 그 드래곤은 인간에게 적대적인 것 같지는 않거든."

진이 숨어 있던 레어에도 일부러 수하를 보내 실험체들

을 구출할 수 있게 도와주었다.

지금까지 제 뒤를 밟는 탐험가들에게 아무 짓도 하지 않은 것만 보아도, 새삼 인간과 척지고 싶은 생각은 없는 듯했다.

잠깐 입을 다물고 있던 르웰린이 덧붙였다.

"……물론 아렌트는 빼고."

"나쁘지 않네. 살의도 관심이지."

아무렇지도 않게 헛소리를 지껄이는 아렌트에게, 모두의 질렸다는 시선이 모여들었다.

* * *

스칼렛은 언제나 자신의 직업에 만족하는 탐험가였다.

그녀는 모험심 넘쳤으며 실력도 출중했다.

연합에 소속된 후로는 의뢰를 주기적으로 받을 수 있어서 수입도 꽤 안정되었다.

스칼렛은 괴짜 같은 젊은 연합장에게 언제나 고마운 마음을 가지고 있었다.

그렇기에 갑자기 의뢰를 받았다며, 드래곤에 매달리기 시작한 연합장의 뜬금없는 지시에도 군말 없이 따랐다.

함께 움직이는 동료들 역시 마찬가지였다.

하지만 이번에 연합장이 전달한 지시는 베테랑 탐험가

인 그녀조차도 굉장히 곤혹스러워할 수밖에 없었다.
"……단도직입적으로 말한다."
스칼렛의 한마디에 둘러앉은 다른 탐험가들이 꿀꺽 마른침을 삼켰다.
동료들을 찬찬히 훑어보며 그녀가 툭 내뱉었다.
"누가 갈래?"
"……."
선뜻 대답하는 사람은 아무도 없었다.
다들 모험에 눈이 돌아가 새로운 곳을 개척하는 일이라면 결코 몸을 빼는 법이 없는 자들이었다.
하지만 지금만큼은 모두가 입을 꾹 다물고 있을 뿐이었다.
한참 만에 한 탐험가가 운을 뗐다.
"이게 말이 됩니까? 사실 지금 우리가 추적하는 게 진짜 드래곤이라는 것도 안 믿기는데……."
"시끄러워, 이 자식아. 연합장이 드래곤 맞다잖아."
스칼렛이 쏘아붙이자 동료가 다시 입을 다물었다.
하지만 그녀 역시 그 심정이 이해가 안 가는 건 아니었다.
몇 군데의 레어에 보잘것없는 함정을 팠고, 거기에 걸려든 것이 그 남자였다.
'평범한 인간이 아닌 것만은 확실한데…….'
현실감이 느껴지지 않을 정도로 잘생긴 외모에, 신비한 빛을 띤 어두운 머리칼과 묘한 눈동자까지.

풍기는 분위기나 생김새 등 모든 게 범상찮았다.

하지만 그렇다고 해서 그가 진짜 드래곤이라고 쉽게 확신할 수 있는 건 아니었다.

그야, 너무 비현실적인 이야기였으니까.

처음엔 옛날이야기 속에서나 나오는 드래곤을 찾는다며 들떠 있던 그들이었다.

하지만 당장 눈앞에 나타난 저 남자가 드래곤이라고 하니 고개를 갸웃할 수밖에 없었다.

거기까지 생각이 미친 스칼렛이 다시 입을 열었다.

"……야, 진짜 드래곤이 아닐지도 모르잖아. 그러면 이렇게 쫄 필요도 없는 거 아냐?"

"그러다 진짜면 어떡하려고요!"

단박에 항의가 돌아왔다.

하지만 더 이상 지체할 수도 없었다.

표적이 여관에 들어가는 것을 확인한 오늘이 접촉할 마지막 기회였다.

스칼렛은 결단을 내렸다.

"야, 제비뽑기하자."

"예에?"

"시끄러워. 이게 제일 공평하잖아! 안 하면 고용주가 투자를 끊겠다는데, 뭐 방법 있어?"

모두가 경악하자 스칼렛이 윽박질렀다.

·이쯤 되니 고용주, 아렌트 폰 에크하르트란 칼리온 제국의 견습 기사에게도 악감정이 차곡차곡 쌓여 가고 있었다.

'두고 봐라. 언젠가는 한 방 먹여 줄 테다.'

스칼렛이 이를 박박 가는 사이, 제비뽑기를 할 준비가 끝났다.

딱 3분 후, 희비가 갈라졌다.

"왜! 왜 내가 된 거야!"

드래곤에게 가까이 접근할 수 있는 호사를 누릴 당첨자는 다름 아닌 스칼렛이었다.

* * *

렉시온은 시끌벅적한 식당의 테이블 하나를 차지하고 앉아 있었다.

종업원이 가져다준 술을 홀짝이면서 그는 느긋하게 주변을 둘러보았다.

'많이 변했어.'

기억 속의 모습과는 완전히 다른 세상이었다.

그간 무슨 일이 있었는지는 알 수 없었지만, 더욱 풍요롭고 평화로운 시대가 찾아왔던 것만은 확실했다.

그래서 다소 심사가 뒤틀렸다.

남은 술을 모조리 마셔 버린 렉시온이 외쳤다.

"여기 한 잔 더!"

"예에!"

후다닥 달려온 점원이 가득 찬 술잔을 내려놓고는 바삐 멀어졌다.

렉시온은 다시 목을 축이며 눈동자를 굴렸다.

'귀여운 짓을 하는군.'

최근 자신의 뒤를 쫓는 시선을 감지한 렉시온이 피식 입술을 휘었다.

정말로 찾아오기라도 할 생각인지, 가여운 인간 애송이는 사람을 시켜 자신을 뒤를 추적해 왔다.

그에 대한 대답으로, 렉시온은 일부러 알로이스 앞에서 보인 모습 그대로 거리를 활보해 주었다.

'건방진 애송이 같으니.'

분명 미행을 붙인 자는 아렌트 폰 에크하르트, 그 견습 기사일 것이다.

감히 드래곤의 유해를 구경거리로 삼고, 알로이스를 상대하다 단번에 그의 존재를 간파해 낸 애송이.

그에게 책을 찾아오라 명령한 건 단순한 변덕이었다.

불경하지만 감이 좋은 놈이었다.

그러니 운 좋으면 수고를 덜 수도 있을 것이라 여긴 것이다.

최근 꼬리를 밟아 보겠다며 따라붙는 놈들이 늘어난 걸 보아하니, 아무래도 꽤 괜찮은 선택이었던 듯했다.

'엘프 왕국에 다녀왔다고 했던가.'

어쩌면 거기에서 책을 찾아냈을지도 모르겠다는 생각이 들었다.

그때, 아까와는 다른 종업원이 커다란 접시를 가지고 다가왔다.

접시 위에는 푸짐한 고기 요리가 올라가 있었다.

"주문하지 않았다만."

"그, 주인아저씨가 공짜로 주시는 거랍니다! 손님께서 너무 잘생기셔서, 헤헤헤."

어색하게 웃은 그녀가 테이블에 접시를 내려놓고는 부리나케 사라졌다.

렉시온은 사람들 틈에 섞여 드는 종업원을 무심한 눈으로 쳐다보다 슬쩍 비웃음을 드리웠다.

"이렇게까지 어설프다니."

모락모락 먹음직스럽게 따뜻한 김을 풍기는 음식과 함께, 접시 아래에 작은 쪽지가 끼워져 있었다.

렉시온은 어린애의 재롱을 보는 기분으로 쪽지를 펼쳐 들었다.

그리고 잠시 후.

그는 쪽지를 든 채 뻣뻣하게 굳어 버렸다.

"……."

식당의 왁자지껄한 소음이 한순간 다른 세상의 것처럼 느껴졌다.

렉시온은 쪽지에 적힌 문구들을 얼빠진 채 한참 동안 들여다보았다.

네놈이 원하는 물건을 가지고 있다. 넘겨받고 싶다면 직접 찾아와라.

아렌트 폰 에크하르트.

그리고 약간의 여백 아래에 구구절절한 글이 뒤따랐다.

진짜 진짜 죄송합니다. 상기 내용은 온전히 고용주인 아렌트 폰 에크하르트 경의 의지라는 걸 알아주시면 좋겠습니다. 전달한 사람은 아무 관련도 없다는 걸 꼭! 부디 꼭! 알아주세요.

"허……?"

렉시온이 지금껏 살아온 삶 중에 가장 어처구니없는 순간이었다.

6장. 틀렸어, 이 자식아

틀렸어, 이 자식아

아렌트의 지령이 떨어진 지 며칠 뒤.
탐험가들에게서 보고가 돌아왔다.
"그러니까······."
르웰린은 한참 만에 통신구 너머에서 들려오는 횡설수설을 알아들을 수 있었다.
"없어졌다고? 그 남자가?"
- 아, 그렇다니까요! 쪽지를 전한 바로 그날 흔적도 없이 사라졌어요!
답답했던지 스칼렛이 꽥 소리를 질렀다.
르웰린이 짜증스럽게 캐물었다.
"일단 침착하고 말고 똑바로 설명해. 그냥 놓친 건 아냐?"

- 아니에요! 진짜 없어졌다니까요? 쪽지를 전한 뒤에도 계속 주시하고 있었는데……! 켁, 켁!

버럭 소리를 지르던 스칼렛이 사레가 들려 몇 차례 기침을 토해 냈다.

한참 뒤에 다시 안정을 되찾은 그녀가 빠르게 말을 이었다.

- 여관 입구랑 뒷문도 다 지키고 서 있었어요! 심지어는 창문까지 감시하고 있었단 말이에요! 그런데 도통 나오지를 않아서 여관 주인이 확인하러 들어갔거든요.

"그런데 흔적도 없이 사라져 있었다고?"

- 네! 본인이 들고 온 짐도 없었어요! 사람이 머문 흔적도 전혀 없고…….

그 대목을 듣자마자 르웰린은 스칼렛이 그리 흥분하는 이유를 깨달았다.

쪽지를 받고서 돌연 사라진 남자가 진짜 드래곤이라는 걸 확신한 것이다.

"그래서, 너희는 괜찮고?"

- 우리야 안 괜찮을 게 있나. 걱정해야 하는 건 우리가 아니라 그 아렌트 경이라는 사람 아니에요?

"하아아…… 그치, 그게 맞지."

새삼 그 생각을 하니 명치가 꽉 얹힌 기분이었다.

하지만 정작 본인은 태연히 외출해 버렸으니 기가 막힐

노릇이었다.

'도대체 무슨 생각인지.'

아렌트의 의도는 충분히 이해할 수 있었다.

렉시온의 말대로 책을 가져다준다 한들 결과도 썩 좋지만은 않을 듯했다.

최악의 경우, 책을 가로챈 렉시온이 갑자기 그들을 공격할 수도 있으니까.

렉시온에게 단단히 밉보인 아렌트가 좋은 꼴을 못 볼 거라는 사실은 너무나도 당연했다.

그렇다면 조금이라도 그들에게 유리한 장소인 이곳에 불러들이는 게 나을 것이다.

하지만 렉시온이 그들의 뜻대로 움직여 줄지는 의문이었다.

이런저런 생각에 잠겨 있는데, 통신구 너머에서 스칼렛의 걱정 어린 목소리가 들려왔다.

- 연합장님은 괜찮아요? 의뢰인이랑 같이 있는 거 아니에요? 의뢰는 달성했으니 잠깐 떠나 있는 게 낫지 않아요? 드래곤이야 물론 한번쯤 꼭! 직접 보고 싶지만, 일단 사람부터 살아야죠.

"끄응, 나도 그러고 싶은데…… 손 많이 가는 놈이라 그것도 좀."

- ……세상에. 내가 아는 사람 중 제일 손 많이 가는 게

연합장님인데? 연합장님 입에서 그런 말이 나온다고요?

"내 말이."

한탄처럼 투덜거린 르웰린이 다시 화제를 돌렸다.

"며칠간 더 찾아보고, 그 남자가 진짜 떠났다는 확신이 들면 철수해. 수고비는 나중에 연합에서 수령해 가고."

- 넵, 알겠습니다. 조심하세요.

마지막 인사와 함께 통신이 뚝 끊어졌다.

르웰린은 한숨을 푹 내쉬었다.

"이제 또 어떻게 되려나……."

드래곤이 찾던 문제의 책은 어제 분석이 끝났다.

네펠레 왕국에서 말한 '마법적 힘'이라는 것은 끝내 밝히지 못했지만, 책에 걸려 있는 청결 마법에서 마력 샘플을 얻는 데는 성공했다.

마정석 광산에서 발견된 책들과는 또 다른 마력이었다.

광산을 차지하고 있던 드래곤과 그 책을 남긴 드래곤은 다른 존재라는 뜻이었다.

별것 아닌 것 같았지만 이것은 큰 성과였다.

완전하지도 않은 문헌에만 의지해, 실존하는지 아닌지도 모를 드래곤의 설화만을 추적하던 처지였다.

그러던 와중에 대조해 볼 만한 확연한 비교군이 생긴 거니까.

'렉시온과 마정석 광산의 드래곤, 그리고 호숫가 레어

의 드래곤, 구울이 되어서 발견된 드래곤. 어렴풋이나마 실체가 드러난 드래곤은 이 정도인가?'

진은 호숫가 레어에도 문헌이나 책 따위가 꽤 남아 있었다고 말했다.

그게 사실이라면, 호숫가 레어의 드래곤도 뒷정리를 하지 못하고 떠났다는 소리였다.

'그렇다면 생각할 수 있는 가능성은……'

전쟁 중 전사.

전쟁에 휘말리고 싶지 않아서 거처를 옮긴 드래곤들은 자신이 소중하게 여기는 물건들을 모두 가지고 떠났다.

그러지 못한 이들은 예기치 못한 죽음을 맞이했다고 보는 게 옳을 것이다.

'렉시온과 직접 이야기를 나눌 수만 있다면.'

베일에 가려져 있던 다른 사실들도 알아낼 수 있을 것이다.

상상을 초월할 정도로 위험한 일이었지만, 동시에 평생 바라마지 않던 일이었다.

'아마 아렌트도 여기까지는 생각했겠지.'

쓸데없는 헛소리는 잘도 지껄이면서 중요한 내용은 도통 말해 주지 않으니, 그 속을 짐작할 수가 없었다.

아렌트는 분석을 끝낸 슈타들러 백작에게 책을 돌려받았다.

그러고는 오전부터 외출한다며 목적지도 밝히지 않고 혼자 황궁을 나가 버린 뒤였다.

"……나도 모르겠다."

르웰린은 한숨을 푹 쉬며 소파에 벌러덩 누워 버렸다.

그 녀석은 도대체 무슨 꿍꿍이인지.

아렌트는 엘프 왕국에 다녀온 뒤 며칠 동안 다른 생각에 사로잡혀 있는 눈치였다.

그러다 오늘 간만에 외출하던 뒷모습이 묘하게 기분 좋아 보이던 것이…….

'불안불안한데.'

분명 누군가를 골탕 먹이기 직전의 모습이었다.

르웰린의 얼굴이 단박에 찝찝해졌다.

* * *

대신전은 언제 찾아오든 빛이 가득했다.

손님용 접객실에 앉아 시간을 죽이며, 아렌트는 그 사실을 새삼 실감할 수 있었다.

절묘한 위치에 설치된 창문에서 한낮의 햇빛이 기분 좋게 쏟아져 들어왔다.

'그러고 보니 오랜만에 오네.'

테오도르 전 대신관을 끌어내린다고 신전을 발칵 뒤집

어 놓은 뒤 첫 방문이었다.

새로 대신관이 된 루미엘은 대신전 내부를 정비하느라 눈코 뜰 새 없이 분주했다.

그래서 아렌트 역시 지금까지는 그녀를 귀찮게 하지 않으려 했다.

최근에는 그 역시 정신없이 바빴으니 따로 연락할 시간도 없었고.

'딱히 달라진 건 없네.'

대신전은 늘 그랬듯 조용했고 정갈했으며, 넓고 웅장했지만 또 소박했다.

높이 설치된 스테인드글라스 창문이 빛을 품고서 은은하게 반짝였다.

그 옆에는 루체의 신상이 있었다.

루체의 신상은 늘 그렇듯이 자애로운 얼굴로 아렌트를 가만히 내려다보고 있었다.

석고로 만들어진 아름다운 얼굴을 마주 보고 있자니 어쩐지 심사가 뒤틀렸다.

사실 신전을 찾아오는 게 썩 내키는 일은 아니었다.

신전에서 신과 접촉한 게 벌써 두 번째니 당연한 일이었다.

'귀신이라도 본 것처럼 슬슬 피해 다니는 신관들을 구경하는 건 꽤 재밌긴 한데.'

아렌트는 신상과 눈싸움이라도 하듯, 루체 신을 물끄러미 올려다보았다.

루체와 체르니온.

엘프들을 죽인 건 둘 중 어느 쪽일까.

'서로의 신도는 건드리지 못한다는 가정이 사실이라면…….'

당시 엘프들은 루체의 편을 들어 체르니온의 진영과 맞서 싸웠다.

그렇다면 그들은 루체의 신도인가?

하지만 악신의 적이라고 해서 모두가 루체의 백성이라는 증거는 없었다.

'엘프들은 루체보다는 네레이스를 좀 더 가까이 모시는 것 같았으니까.'

엘프는 악신을 제외한 모든 신과 생물에게 우호적인 종족이었다.

그렇다면 오히려 중립적인 존재로 분류하는 것이 옳을 터였다.

악신과 맞서 싸웠지만 루체의 보호는 받지 못했다.

그렇다면 체르니온이 자신의 흔적을 지우기 위해, 혹은 복수를 위해 손을 썼을지도 몰랐다.

결국 양쪽 신 모두에게 혐의점이 있다는 뜻이었다.

"……골치 아파 죽겠네."

아렌트는 미간을 꾹 짚었다.

혼자 고민해 봤자 답이 나올 리 없는 문제였다.

그렇다고 해서 다른 사람과 논의할 수 있는 문제도 아니지만.

이 점에 관해 루미엘 대신관에게 자문을 구해 볼까도 생각했지만, 곧 그만두었다.

이전이라면 모를까, 그녀는 현재 칼리온 제국에서 루체와 가장 가까운 존재라고 불리는 대신관이었다.

견습 기사일 뿐인 아렌트가 그녀와 이런 식으로 독대한다는 것도 사실 말이 안 되는 일이었다.

순전히 루미엘 대신관이 호의를 베풀어 준 것이지.

'신앙이 없는 내가 그런 말을 지껄였다간 그녀를 크게 모욕하는 꼴이 될지도 모르고.'

사실 이전에 비슷한 대화를 나눴을 때도 꽤 아슬아슬했으니까.

루미엘과는 어지간하면 척지고 싶지 않았다.

그래서 아렌트는 얌전히 단념할 수밖에 없었다.

똑똑.

그때 누군가가 접객실의 문을 두드렸다.

아렌트가 고개를 들자 문이 열리고 루미엘이 안으로 들어왔다.

이전과는 달리 대신관의 로브를 걸친 루미엘이 빙그레 미소 지으며 다가왔다.

"오래 기다리셨나요, 아렌트 경?"

"막 도착한 참이었습니다. 오랜만에 뵙네요, 대신관님."

아렌트가 자리에서 몸을 일으켜 인사를 건넸다.

그러자 루미엘 대신관이 주름진 얼굴에 멋쩍은 빛을 드리웠다.

"아렌트 경이 그리 부르시니 어쩐지 기분이 조금 이상하군요. 먼 길을 다녀오셨다고 들었습니다. 무탈하셨나요?"

"네, 덕분에요. 대신관님이야말로 정신없으셨을 텐데."

"제 생애 이리 바쁜 날들은 또 처음이었지요."

장난스럽게 대답한 대신관이 아렌트를 마주 보고 앉았다.

아렌트 역시 그제야 착석했다.

"요즘에는 좀 어떠세요?"

"거의 다 정리가 되었습니다. 납득하지 못하는 신관들도 있었지만, 감사하게도 대화로 잘 풀어낼 수 있었지요."

거기까지 말한 대신관이 쓴 미소를 지으며 덧붙였다.

"하지만 결국 대신전을 떠나겠다는 이들도 있었지요. 굳이 붙잡지 않았습니다. 다들 희망하는 다른 신전으로 이동할 수 있도록 도와주었어요."

"고생하셨겠네요."

말은 편하게 하지만, 루미엘이 대신관이 된 뒤로 어떤

고초를 겪었을지는 뻔했다.

그녀가 아니었다면 대신전이 이렇게 빨리 정리되지는 못했을 것이다.

황제가 직접 힘을 실어 준 것이 조금은 도움이 되었겠지만, 결국 이후의 분쟁을 방지하고 평화적으로 해결한 것은 그녀의 공이었다.

"그래서 오늘은 어쩐 일로 찾아오셨나요? 이왕이면 바깥에서 편하게 대화를 나누었으면 좋았을 텐데, 여기까지 걸음하게 만들어서 미안해요"

"바쁘신 거 다 아는데요, 뭐. 시간을 너무 많이 뺏지는 않을게요. 그냥 전해 드릴 게 좀 있어서요."

담백하게 대답한 아렌트가 가지고 온 것들을 테이블 위에 내려놓았다.

첩첩이 쌓인 서류 더미에 루미엘 신관이 눈을 동그랗게 떴다.

"이게 무엇이지요?"

"엘프 왕국에서 넘어온 문헌들이에요. 악신…… 그러니까 어둠의 신에 관한 것들인데, 네레이스 신의 신전에서 발견한 것들을 간략하게 축약한 겁니다. 대신관님도 살펴보셨으면 해서 가져왔어요."

"호오……."

루미엘 대신관의 눈이 반짝였다.

호기심 많은 그녀의 성정답게 미지의 세계에 흥미가 돋은 모양이었다.

"아주 귀중한 자료군요. 감사합니다. 뭐라 답례라도 하면 좋을 텐데."

"한번 훑어봐 주시는 걸로도 충분해요."

그녀의 말에 아렌트가 고개를 내저었다.

"걸리는 게 있으면 말씀해 주시고. 엘프 왕국에서 있었던 일에 관한 보고서도 있으니 한번 봐주세요."

"네, 알겠습니다."

고개를 끄덕이는 루미엘은 꽤 기분이 좋아 보였다.

아렌트는 씨익 웃고는 상체를 숙여 은근하게 덧붙였다.

"대신관님, 솔직히 말씀드리자면, 이건 뇌물이에요."

"네?"

의외의 말에 루미엘이 눈을 동그랗게 떴다.

사실 아렌트가 대신전까지 찾아온 목적은 따로 있었다.

"부탁드릴 일이 하나 있어요."

아렌트가 일부러 목소리를 맞추자 루미엘 역시 덩달아 진지한 얼굴이 되었다.

"심각한 일인가요?"

"따지자면 그런데, 사실 나쁜 장난에 좀 더 가까워요."

아직 앳된 얼굴에 짓궂은 미소가 그려졌다.

"딱히 어려운 일은 아닌데, 도와주실래요?"

"……어려운 일이 아니라면 다행이지만, 아렌트 경이 그렇게 말씀하시니 다소 불안한데요."

잠깐 뜸을 들이던 루미엘이 애매한 미소를 지었다.

하지만 그러면서도 대신관은 고개를 끄덕여 주었다.

"뭐냐면요……."

허락을 받아 낸 아렌트가 목소리를 잔뜩 낮춰 조곤조곤 설명하기 시작했다.

루미엘 대신관 역시 집중해 경청했다.

갑자기 몰아치는 일거리 때문에 황실 기사단은 눈코 뜰 새 없이 바빠졌다. 이유는 바로 제3기사단의 견습 기사가 벌인 기상천외한 일 때문이었다.

켄드릭과 다이아나의 휘하에 있는 기사들은 상황을 다 파악하지도 못한 채 어리둥절해할 수밖에 없었다.

차마 켄드릭과 다이아나도 드래곤이 온다는 말은 하지 못했다.

대신 악신교와 연관된 적이 나타날지도 모른다는 말로 둘러댔을 뿐이었다.

단장의 명령이라는 이유로 기사들은 그냥 납득해 버렸다.

기사들은 언제 쳐들어올지 모를 적에 대비해 방비를 단단히 하는데 총력을 기울였다.

근위병들이 지키던 곳에 황실 기사단이 직접 방비를 서

고, 순찰을 두 배로 늘렸다.

그 모습을 보는 3기사단 일원들은 약간 양심이 아파 오고 있었다.

멍하니 보초를 서던 아서가 착잡하게 중얼거렸다.

"……상대가 드래곤이라는 걸 알면 반응이 어떨까요."

마침 2기사단의 헬렌과 다른 기사가 순찰을 도는 게 먼 발치에서 보였다.

그와 함께 보초를 서던 라이더가 대답했다.

"다른 건 모르겠고, 일단 아렌트를 파묻으려 할 것 같긴 해."

"그렇죠?"

두 사람은 적인지 드래곤인지를 끌어들인 장본인이 밝혀진 상황을 상상해 보았다.

"아렌트 앞에 결투 신청장이 수북하게 쌓이지 않을까."

"그리고 황제 폐하랑 황태자 전하께도 투서가 쌓이겠죠. 아렌트를 엄벌에 처하라고."

라이더의 한마디에 아서가 맞장구쳤다.

물론 그러거나 말거나 씨알도 먹히지 않을 테지만.

이 나라의 두 지존은 아렌트의 편이 된 지 오래였다.

그리고 아렌트는 선배들이 보낸 결투 신청장을 끌어모아 연무장에서 보란 듯이 감자를 구워 먹을 놈이었다.

한참만에 라이더가 고개를 내저었다.

"……야, 그만하자. 상상만 해도 위장 아프다."
"그러는 게 좋겠습니다."

아서 역시 동의했다.

정작 그놈은 선배들이 바쁘게 움직이는 와중에도 그냥 외출해 버렸다.

어쩐지 꿍꿍이가 있는 듯해서 그냥 내버려 뒀지만, 배알이 뒤틀리는 건 어쩔 수 없는 일이었다.

"휴우."

아서는 한숨을 푹 내쉬며 다시 정면을 보았다.

단장들은 드래곤이 나타날 법한 곳을 골라 경비 인력을 새로 배치했다. 황궁의 몇몇 곳은 아예 폐쇄하기도 했다.

출입 금지된 장소 중 대표적인 곳은 드래곤의 유해가 전시된 홀이었다.

전시된 지 꽤 시일이 흘렀음에도 드래곤의 유골은 아직까지 화제의 중심이었다.

하루에도 많은 사람이 드나드는 판이니 그중 렉시온이 슬쩍 섞여 들지도 모른다는 판단에서였다.

"야, 근데 드래곤은 변신 마법이랑 텔레포트 마법을 자유자재로 쓸 수 있다면서."

"네, 그렇죠."

"그러면 황궁에 자주 드나드는 사람들 사이에 슬쩍 섞여 들어도 모르는 거 아냐?"

"애초에 텔레포트를 할 수 있다고 하니, 갑자기 불쑥 어디서 나타나도 이상한 게 아니죠."

사실상 이 모든 방비가 무의미한 셈이었다.

"하지만 손 놓고 있는 것도 좀 그러니까……."

"사실 그거죠. 어디에서 전투가 벌어져도 즉각 대응할 수 있도록 병력을 펼쳐 놓는 거. 단장님들께서 말은 방비라고 하시지만, 사실상 전투태세에 가까운 겁니다."

아서가 시큰둥하게 대답했다.

제법 그럴듯한 말에 라이더가 고개를 끄덕였다.

"그거 말 되네. 그러면 출입 금지 구역은?"

"절대로 전투가 벌어져서는 안 되는 구역이요. 파손되면 곤란하거나, 자칫 황실 분들이나 귀족 분들이 휘말릴 수 있는 장소들이죠."

"아하, 너 머리 좀 쓴다?"

"선배가 둔하신 거 아니고요?"

라이더가 손을 올려 아서의 뒤통수를 후려쳤다.

아니, 후려치려 했다.

하지만 아서는 간단히 고개를 휙 숙이는 걸로 피해 버렸다.

일련의 행동 뒤, 두 사람은 기분이 묘해지고 말았다.

어디서 많이 보던 꼴이라는 사실을 깨달은 것이다.

아서가 머쓱하게 자세를 바로잡았다.

두 사람 사이에 어색한 침묵이 흘렀다.

"……너 아렌트랑 그만 놀아."

"넵."

선배의 충고에 아서가 진지하게 대답했다.

다시 근무 서는 데 집중하려던 찰나, 문득 라이더가 짧게 탄성을 터뜨렸다.

"하여간, 제 이야기는 귀신같이 안다니까."

"네? 아."

의아하게 되물으려던 아서는 곧 라이더와 같은 곳을 바라보았다.

외출했다가 언제 돌아온 건지, 아렌트가 복도를 가로지르는 게 보였다.

말끔하게 묶은 은발 꽁지머리는 금세 그들의 시야에서 사라져 버렸다.

"매일 뭐가 저렇게 바쁘대, 저놈은."

"제 말이요."

짧게 투덜거린 두 사람은 곧 그에게서 신경을 꺼 버렸다.

* * *

사람들이 통제된 틈을 타, 슈타들러 백작은 오랜만에 드래곤의 유해를 찾았다.

오랫동안 사람들 앞에 노출되었으니 어디 한 군데 상한 곳이라도 있는지 살펴보기 위함이었다.

하지만 백작은 드래곤을 살피기도 전, 먼저 와 있던 사람에게 시선을 빼앗기고 말았다.

날개를 활짝 펼친 드래곤 앞에 선 아렌트가 유해를 유심히 올려다보고 있었다.

"아렌트 경? 여기는 어쩐 일이십니까?"

"……아, 백작님. 안녕하세요."

그의 기척을 알아차린 아렌트가 고개를 까닥 숙였다.

"그냥 잠깐 들렀습니다. 순찰하는 겸 해서요. 그런데 여기는 아예 사람들이 못 들어오도록 막아 뒀네요."

"네에, 그렇죠. 단장님들이 그리 판단하신 것 같습니다. 저야 덕분에 편안히 점검할 수 있으니 감사한 일이지요."

슈타들러 백작이 미소 지으며 그의 곁으로 다가갔다.

아렌트는 그 뒤로도 잠시 아무 말 없이 드래곤을 물끄러미 응시했다.

그를 가만히 지켜보던 슈타들러 백작이 조심스럽게 말을 걸었다.

"아렌트 경, 뭐 문제라도 있습니까?"

"아뇨, 딱히 그런 건 아니고. 잠깐 확인하고 싶은 게 있어서요. 금방 갈 거예요."

무심한 대답이 돌아왔다.

그리고 잠시 후, 금방 갈 거라는 말이 사실이었는지 곧 아렌트가 미련 없이 몸을 빙글 돌렸다.

"가십니까?"

"네, 먼저 갑니다. 천천히 있다가 오세요."

짧게 인사를 던진 아렌트가 백작을 남겨 두고 홀을 떠났다.

멀어지는 뒷모습을 보며 슈타들러 백작은 고개를 갸웃했다.

등 뒤에 따라붙는 백작의 시선을 알아차렸지만, 아렌트는 무시하고 그냥 홀에서 빠져나와 버렸다.

아렌트는 인적이 드문 복도로 천천히 걸음을 옮겼다.

이따금 바쁘게 움직이는 기사들과 마주치기도 했지만, 먼저 말을 걸어오는 사람은 없었다.

저마다 일에 치인 탓이었다.

분위기가 심상치 않은 것이, 드래곤의 침입에 대비해서 방비를 단단히 한 것 같았다.

'그래 봤자 소용없지.'

아렌트의, 아니, 아렌트의 모습을 한 렉시온이 슬쩍 미소 지었다.

굳이 드래곤 홀로 먼저 걸음한 이유는 간단했다.

인간들에게 장난감이 되었다는 동족의 한심한 꼴을 직

접 구경하고 싶었던 것이다.

하지만 썩 좋은 선택은 아니었던 듯했다.

유해를 본 순간, 방금까지만 해도 꽤 괜찮았던 기분이 순식간에 뒤틀려 버렸으니까.

'완전 구경거리로 만들었군.'

어이가 없어서 실소가 터질 지경이었다.

위풍당당하게 날개를 펼치고 당장이라도 브레스를 뿜을 듯한 모습이란.

게다가 주변에는 드래곤 무늬를 한 태피스트리와 온갖 장식물까지 있었다.

"건방지게……."

저런 꼴이 된 동족에게 새삼 동정심이 드는 건 아니었다.

다만, 인간 주제에 드래곤을 제멋대로 가지고 놀았다는 것이 마음에 안 들었다.

"쯧."

혀를 차며 거추장스럽게 흘러내리는 머리칼을 쓸어 올렸다.

'쥐새끼 같은 짓을 하는 것도 딱히 취향은 아니지만…….'

하지만 그렇다고 해서 애송이의 수작에 곧이곧대로 어울려 줄 생각은 전혀 없었다.

'장난질이라면 나도 뒤지지 않지.'

슬쩍 입가에 미소를 드리웠다가 빠르게 지운 렉시온은

걸음걸이를 살짝 늦췄다.

이 녀석은 분명 기사지만, 지나치게 각 잡힌 태도는 금물이었다.

'하지만 너무 불량하지도 않고, 단정하게.'

그것이 알로이스의 시야를 통해 본 아렌트 폰 에크하르트의 모습이었다.

이쯤 되면 완벽한 연기였다.

덕분에 황궁 안을 꽤 오래 활보해도 수상하게 여기는 이는 아무도 없었다.

가끔 인사를 건네 오는 시종들에게 손을 들어 주는 걸로 대강 화답하며, 렉시온은 황실 기사단의 생활관을 향해 걸어갔다.

저지하는 사람은 아무도 없었다.

그는 자연스럽게 아렌트의 방을 찾아들었다.

탁.

문을 닫은 렉시온은 여유롭게 방을 둘러보았다.

"어디 보자……."

지나칠 정도로 깨끗하게 정리된 방이었다.

물건들은 모두 제자리에 놓여 있었고, 침대 역시 주름진 곳 하나 없이 반듯했다.

잠깐 고민하던 렉시온은 곧 피식 웃고는 손가락을 딱, 튕겼다.

희미한 빛이 주변을 휩싸며 순식간에 음파 차단 마법이 시전되었다.

어린애의 도발에 곧이곧대로 넘어가는 것도 웃기는 노릇이지만, 이렇게 된 거 제대로 경고를 남겨 줄 생각이었다.

* * *

그날 이른 저녁.

순찰에서 교대하고 돌아온 아서는 방 바깥으로 나오는 아렌트를 발견했다.

늘 그렇듯 아는 척도 하지 않고 가려는 그에게 아서가 말을 걸었다.

"일찍 들어왔네? 이것저것 할 일이 있다더니."

"그렇죠, 뭐. 생각보다 용무가 빨리 끝나서요."

"그럴 거면 도와주러나 오지, 이 나쁜 새끼야. 일거리가 배로 늘어난 게 누구 때문인데."

"예에, 고생 많으셨겠네요."

아서가 짜증스럽게 투덜거렸지만 아렌트는 건성으로 손을 휘휘 내저어 버릴 뿐이었다.

"아렌트, 돌아왔군."

마침 라이오스의 집무실에서 나오던 리히트 역시 두 사

람을 발견하고 아는 척을 해 왔다.

"아렌트, 르웰린 왕자님께 보고는 들었나? 렉시온이 탐험가 연합의 감시망을 빠져나갔다더군."

가까이 다가와 말을 전하는 리히트에게 아렌트가 건성으로 고개를 끄덕여 주었다.

"그럴 줄 알았습니다. 인간 탐험가 나부랭이가 드래곤을 끝까지 추격할 수 있을 리가."

"그나저나 드래곤이 진짜 황궁에 쳐들어올까요? 그 드래곤이 인간과 척지고 싶어 하지 않는다는 건 알겠는데…… 만에 하나라는 게 있잖아요."

아서가 리히트를 향해 물음을 던졌다.

"솔직히 감당 가능한 상대는 아닌 듯한데, 단장님들은 필요하다면 전투도 불사하실 것 같긴 합니다만."

"최대한 정면충돌은 피해야겠지. 하지만 만일의 경우가 생겼을 때에는 모두 목숨을 걸 수밖에."

리히트가 담담히 대답했다.

거기에 자연스럽게 아렌트가 고개를 끄덕였다.

"상대가 상대이니만큼 그래야겠죠."

"……"

리히트와 아서가 입을 꾹 다물었다.

갑자기 주변이 조용해지자 아렌트가 의아하게 고개를 들었다.

"왜요?"

"아니…… 어쩔 수 없지. 필요하다면 황궁을 지키기 위해서 목숨을 거는 수밖에 없긴 한데."

아서가 어색하게 대답했다.

기사라면 응당 그리해야 할, 지극히 옳은 말이긴 했다.

하지만…….

잠깐 떨떠름한 낯으로 침묵하던 아서가 화제를 돌려 버렸다.

"그나저나, 너 낮에는 어디 다녀왔어?"

"노이만 상단에 볼일이 있어서 잠깐 다녀왔어요."

순순히 대답한 아렌트가 어깨를 으쓱했다.

"더 하실 말씀 없으면 저는 먼저 가겠습니다. 아직 할 일이 좀 남아서요."

"멈춰라."

막 그가 몸을 돌리려는 찰나, 차갑게 가라앉은 리히트의 목소리가 그의 발을 잡아챘다.

"……."

아렌트가 멈칫했다.

스릉.

뒤이어 차가운 쇳소리가 들리더니 등 뒤에서 섬뜩한 예기가 느껴졌다.

잠깐 그대로 서 있던 아렌트가 뒤를 돌아보았다.

두 자루의 검이 금방이라도 그의 등을 꿰뚫을 기세로 겨누어져 있었다.

검을 쥔 아서와 리히트의 눈빛이 얼음으로 벼린 듯 싸늘했다.

"이게 무슨 짓……."

"야."

아렌트가 미처 말을 끝내기도 전, 아서가 그의 말허리를 잘라 버렸다.

"너 아렌트 아니지?"

"……."

견습 기사가 입을 다물었다.

아서를 바라보는 황금색 눈동자가 서늘하게 식어 내렸다.

아서와 리히트가 검을 뽑아 들자, 멀리서 지켜보던 기사들 역시 하나둘씩 모이기 시작했다.

무슨 일이냐고 묻는 사람도 없었다.

리히트와 아서가 발검했다는 것만으로도 모든 상황은 설명된 것이나 마찬가지였다.

점점 자신을 포위하듯 둘러싸는 이들을 무표정하게 보던 '아렌트'가 싸늘하게 툭 내뱉었다.

"무슨 말인지 모르겠는데요, 선배님."

"틀렸어, 이 자식아. 아렌트는 그렇게 예의 바르게 말 안 해."

이번에 말문이 막힌 쪽은 '아렌트'였다.

그는 한참 동안 입을 다물고 있었다.

시선을 바닥으로 내리깔았다가 납득이 안 된다는 듯 고개를 갸웃하기도 했고, 곧 인상을 찌푸렸다.

그 몸짓 하나하나가 검 끝에 목숨을 위협당하는 존재라고는 상상할 수 없을 정도로 차분했다.

잠시 후.

처음 듣는 목소리가 흘러나왔다.

"예의 바르다고? 도대체 어디가?"

아렌트의 것보다 훨씬 낮은 중저음의 음성이었다.

진심으로 이해가 안 된다는 듯한 질문에 리히트가 담담하게 대답했다.

"아렌트는 제 선배를 부를 때 그렇게 정중한 말투를 쓰지 않는다."

"……."

"어디 갔냐고 물어봤을 때는 선배가 알아서 뭐 하게요, 라고 대답하는 게 그놈이다."

이어서 아서 역시 대꾸했다.

"그리고 목숨 걸고 싸우겠다는 말에는, 그것참, 정의로운 개죽음이네요, 하고 빈정거려야지."

"……."

아렌트는, 아니, 렉시온은 조금 망연해진 기분으로 천

장을 올려다보았다.

하지만 그것도 잠시.

쯧 혀를 찬 그가 투덜거렸다.

"이 빌어먹을 애새끼는 도대체 어떤 인생을 살아온 거야? 이 정도 건방 떠는 걸로는 흉내도 못 낸다니."

새하얀 빛이 확 터져 나와 렉시온의 몸을 휘감더니, 팡! 하는 소리와 함께 빛의 파편이 마치 허물처럼 조각조각 부서져 허공으로 흩어졌다.

반짝이는 빛무리 사이로 단정히 정돈된 검푸른 머리칼이 드러났다.

라이오스보다도 더 큰 키에 몸은 어디 하나 흠잡을 데 없이 균형 잡혔다.

감겨 있던 눈이 천천히 떠지자, 마치 파충류의 것처럼 날 선 동공의 새빨간 눈동자가 드러났다.

그 섬뜩한 모습에 기사들이 저도 모르게 멈칫했다.

"인간 주제에 하나같이 건방지군. 감히 이 몸에게 검을 들이대다니."

"……."

낮게 깔린 음성이 위압적으로 생활관을 가득 채웠다.

아서는 검을 쥔 손에 힘을 꾹 쥐었다.

곁에 서 있는 리히트 역시 잠시 경직되었다.

렉시온에게서 거대한 압박감과 존재감이 느껴졌다.

게다가 피부가 따가울 정도의 살기 어린 마력이 기사들을 천천히 옥죄고 있었다.

하지만 아서와 리히트는 되려 한 걸음 성큼, 렉시온에게 다가갔다.

그러자 렉시온의 얼굴에 새삼스럽다는 표정이 떠올랐다.

"호오."

로비에 나와 있던 다른 기사들 역시 마찬가지였다.

어느새 다가온 기사들이 렉시온을 포위하듯 둘러싸고 있었다.

검집에 손을 올린 모양새들이 금방이라도 검을 뽑고 달려들 기세였다.

렉시온이 무심한 얼굴로 고개를 갸웃했다.

"혹시나 해서 물어보는 거다만, 내가 누군지는 아나?"

"알지. 우리 견습 기사 놈한테 한 방 먹여 주고 싶어서 안달 난 드래곤님이시잖아."

아서가 으르렁거리듯 대꾸하는 말에 렉시온이 흠, 하며 턱을 쓸어내렸다.

"아주 정확한데. 그걸 알고도 나한테 한 치의 망설임도 없이 검을 들이밀었단 말이지?"

피에 젖은 것처럼 새빨간 눈동자가 소리 없이 데굴, 움직였다.

"대단하군. 과연 기사다운 의기라고 해야 하나. 아니면 멍청하다고 해야 하나."

　조소를 머금은 목소리가 소름 끼치게 속을 긁어 놓았다.

　아서와 리히트가 금방이라도 튀어 나갈 수 있도록 몸을 긴장시키던 그때.

　눈앞에 섬전이 번뜩였다.

　콰아아앙!

　매끄럽게 뽑혀 나온 검이 렉시온의 코앞에서 가로막혀 있었다.

　렉시온 역시 미처 예상하지 못한 듯 눈을 조금 크게 뜨고 있었다.

　그의 붉은 눈동자가 이런 상황에도 차분한 낯의 푸른 기사를 고스란히 담아냈다.

　끽. 끼긱.

　렉시온이 반사적으로 펼친 방어막에 라이오스의 검이 마찰하며 듣기 싫은 소리를 냈다.

　"······처음 뵙겠습니다, 렉시온 님."

　라이오스가 표정 하나 변하지 않고 덤덤히 말했다.

　몇 차례 눈을 깜빡이던 렉시온이 황당하게 헛웃음을 터뜨렸다.

　"이거······ 라이오스 드 윈프리드 경이군."

　다른 기사들이었다면 진즉 방어막의 압력에 맞부딪쳐 튕겨 나갔을 게 분명했다.

하지만 라이오스는 검이 덜덜 떨릴 정도의 힘을 정면으로 받으면서도 너끈히 버텨 내고 있었다.

"이런 식으로 뵙게 되어 유감입니다. 초면에 검부터 뽑아 든 제 무례를 용서치 마시길."

선명한 검기를 머금은 검 너머에서 라이오스가 덤덤하게 말했다.

그의 새파란 눈동자에 은근한 열기가 띠었다.

"하지만 용기를 낸 제 부하를 모욕하시는 것은 썩 달갑지 않습니다."

"……이 기사단은 단체로 제정신이 아닌가? 뭐, 좋아."

슬쩍 미소를 드리운 렉시온은 마력을 운용했다.

"잠깐 놀아 주지."

라이오스가 반사적으로 땅을 박차 거리를 벌린 순간.

콰아앙!

렉시온의 앞을 막고 있던 방어막이 큰 폭발을 일으켰다.

뒤로 물러선 라이오스는 재빨리 고개를 들어 상대를 확인했다.

마력으로 이루어진 기다란 창을 한 손에 쥔 렉시온이 빠르게 접근해 오고 있었다.

"……!"

급하게 검을 치켜들자마자, 렉시온의 창끝이 강하게 검면을 찔러 들어왔다.

채애앵!

금속끼리 마찰하는 소음이 귓전을 때렸다.

동시에 어마어마한 충격이 라이오스의 전신을 덮쳐들었다.

드래곤의 엄청난 힘을 고스란히 받아 내는 검이 잘게 떨리고 있었다.

하지만 라이오스는 표정 하나 흐트러지지 않고 굳건히 버티고 섰다.

렉시온이 흥미롭다는 듯 눈을 동그랗게 떴다.

"뭐야. 제법인데?"

그때, 렉시온의 시야 밖에서 아서와 리히트가 동시에 달려들었다.

뒤를 힐끗 확인한 렉시온은 다른 손에 새카만 창을 하나 더 소환해 내 리히트의 검을 간단히 막아 냈다.

아서의 검 역시 그새 렉시온이 펼친 기막에 허무하게 막혀 버렸다.

"평화에 절어 있는 줄만 알았더니, 꽤 쓸 만하군."

렉시온의 입가에 재미있다는 미소가 드리웠다.

다음 순간.

"……!"

콰아앙!

강한 마력이 폭발하며 주변을 휩쓸었다.

미처 대비하지 못한 리히트와 아서가 순식간에 나가떨어져 벽에 처박혔다.

드래곤은 두 사람에게는 시선도 주지 않았다.

잠깐의 틈도 주지 않고 바로 뒤에서 살벌한 예기가 날아든 거였다.

또다시 새카만 장창을 소환한 렉시온이 몸을 확 돌려 공격을 막아 냈다.

쿠우웅!

마치 산과 산이 부딪치는 것 같은 육중한 울림이 건물 전체를 진동시켰다.

소파가 넘어지고 책장이 파손되어 엉망이 된 생활관의 한가운데.

황실 제3기사단의 단장 라이오스와 드래곤 렉시온이 팽팽하게 대치했다.

쩍. 쩌적.

두 사람이 딛고 선 바닥에 천천히 금이 가기 시작했다.

하지만 그 누구도 먼저 물러서지 않았다.

긴 창으로 라이오스의 검을 가로막은 채, 렉시온이 살짝 인상을 찌푸렸다.

"……강한 자의 그림자인가."

그의 시선이 라이오스의 손에 닿았다.

윤기가 흐르는 흑색 반지가 기사단장의 투박한 손가락

에 끼워져 있었다.

문득 렉시온의 입가에 미소가 어렸다.

라이오스가 그것을 알아본 순간, 렉시온이 엄청난 힘으로 그를 단번에 떨쳐 냈다.

"……!"

하마터면 그대로 나가떨어질 뻔했지만, 라이오스는 허공에서 몸을 빙글 돌려 간신히 중심을 잡고 착지했다.

그가 몸을 완전히 일으켜 세울 때까지, 렉시온은 그 자리에 서서 가만히 기다려 주었다.

다시금 새파란 눈동자와 시선을 마주친 렉시온이 툭 내뱉었다.

"이봐, 단장. 건방진 견습 기사 꼬맹이한테 전해. 물건을 가지고 직접 날 찾아오라고. 건방 떠는 걸 봐주는 것도 한 번뿐이야."

"……우리가 곧이곧대로 움직일 이유는 없습니다. 황실 기사단에 명령을 내릴 수 있는 존재는 오직 황제 폐하와 황태자 전하뿐이시니까요."

담담하게 대답하는 라이오스의 입가가 방금의 충격으로 찢어져 피가 비치고 있었다.

고지식한 대꾸에 렉시온이 눈썹을 치켜올리려는 찰나, 라이오스가 입술을 대강 훔치며 덧붙였다.

"아니면 직접 말씀하시는 것도 한 방법일 겁니다."

"응?"

달칵.

그때, 아무도 주의를 기울이지 않던, 심지어는 렉시온조차 관심 밖에 두던 생활관의 문이 움직였다.

반쯤 열린 문틈 사이로 모습을 드러낸 것은 아렌트였다.

"……오."

생활관 안에 펼쳐진 상황에 아렌트는 잠깐 멈춰 섰다.

소파는 박살 났고 바닥은 쩍 갈라졌으며, 연결부가 반쯤 끊어진 샹들리에가 위태롭게 흔들렸다.

게다가 선배들은 죄다 검을 뽑아 든 채 전투태세였고, 간신히 몸을 추스르는 리히트와 아서는 엉망이었다.

마지막으로 누가 봐도 대치 중인 라이오스와 그 맞은편에 선 검은 남자까지.

무심한 눈동자를 한 바퀴 굴려 모든 것을 눈에 담은 아렌트가 짧게 툭 내뱉었다.

"장관이네요."

"저 새끼는 진짜……."

누군가가 한탄처럼 욕을 지껄였다.

모두의 심정을 대변하는 것과 마찬가지였다.

아렌트는 난장판이 벌어진 실내로 성큼성큼 걸어 들어왔다.

비틀비틀 몸을 일으킨 아서가 그를 향해 짜증스럽게 쏘아붙였다.

"어디 갔다가 이제 와?"

"선배가 알아서 뭐 하게요?"

한 치의 망설임 없이 돌아온 대꾸에 기사들은 침묵했다.

그렇지, 저게 아렌트지.

저 싸가지는 아무나 흉내 낼 수 있는 게 아니었다.

좀처럼 평정심을 잃는 법이 없는 리히트가 저도 모르게 중얼거렸다.

"네가 비상식적일 정도로 버르장머리 없어서 다행이다."

"뭔 소리래."

귀를 후비는 시늉으로 그의 말을 흘려버린 아렌트는 깨진 타일을 밟고 렉시온의 앞에 우뚝 멈춰 섰다.

렉시온의 새빨간 눈동자가 아렌트를 가만히 내려다보았다.

아렌트 역시 그의 시선을 피하지 않고 그를 삐딱하게 올려다보았다.

"내가 찾아오라고 했지, 깽판 놓으라는 말은 안 했는데. 파충류 주제에 인간님을 대하는 태도가 심히 건방지네요."

"……아하, 이 정도는 되어야 하는군."

잠깐 침묵하던 렉시온이 헛웃음을 터뜨렸다.

"네 말마따나 직접 강림했다, 아렌트 경. 난 분명히 물건을 찾아서 내 앞에 대령하라고 말했을 텐데. 이게 뭐 하자는 장난질이지? 내가 우스운가? 아니면……."

일부러 익살스럽게 고개를 살짝 기울이는 드래곤의 눈동자가 섬뜩한 살기를 발했다.

"목숨 아까운 줄을 모르는 건가?"

"……."

한순간 느껴지는 엄청난 기세에 라이오스는 저도 모르게 검을 다잡았다.

다른 기사들 역시 마찬가지였다.

하지만 정작 그 살기를 고스란히 받아 내는 아렌트는 여전히 삐딱한 시선으로 그를 응시할 뿐이었다.

"안 그래도 이상하다 싶었어. 난 오늘 하루 종일 밖에 있었는데, 슈타들러 백작님이 날 봤다잖아. 나로 변신해서 황궁을 활보한 모양이지? 선배들을 쥐어 패고 있던 걸 보면 내 방도 이미 한바탕 턴 것 같은데."

거기까지 말한 아렌트가 느긋하게 툭 내뱉었다.

"그래서, 원하던 건 찾았나?"

마치 허라도 찔린 듯, 렉시온의 얼굴이 딱딱하게 굳었다.

살얼음판 같은 침묵이 흘렀다.

렉시온은 차가운 얼굴로 아렌트를 가만히 내려다보았다.

아서는 렉시온에게서 느껴지는 살기가 더욱 짙어지는 것을 깨달았다.

어느 정도 거리를 두고 있음에도 손끝이 저릿저릿해질 지경이었다.

반사적으로 손을 검에 가져가려는 아서를 막은 사람은 리히트였다.

"가만히 있어라."

리히트가 작게 속삭이는 소리에 아서가 퍼뜩 정신을 차리고 움직임을 멈췄다.

아직 라이오스가 가만히 상황을 지켜만 보고 있었다.

그런 와중에 혼자 경거망동해서는 안 될 상황이었다.

라이오스는 새파란 눈동자로 렉시온과 아렌트의 대치를 가만히 노려보고 있었다.

가만히 숨죽이고 있지만, 렉시온이 조금이라도 불온한 움직임을 보이는 순간 당장에 뛰쳐나갈 기세였다.

하지만 그럴 일은 없었다.

렉시온은 여전히 짙은 살기와 마력을 뿌리고 있었지만, 가만히 기사들을 노려보고 있을 뿐이었다.

한참 만에 렉시온이 먼저 입을 열었다.

장난기가 묻어나던 지금까지와는 달리, 착 가라앉은 음성이었다.

"그건 어디에 있지?"

"내가 왜 그걸 알려 줘야 해?"

견습 기사가 고개를 삐딱하게 기울이자 렉시온의 눈썹이 꿈틀, 움직였다.

"위대하신 드래곤 님이 기껏 약점을 보여 주셨는데, 내가 그걸 곧이곧대로 내어 줄 리가 없잖아요."

아렌트 특유의 조곤조곤한 어조에 정중함과 비웃음이 절묘하게 뒤섞여 있었다.

아렌트의 입가에 싸늘한 비웃음이 드리웠다.

"아니면 뭐, 좀 더 정중하게 부탁해 보든가. 그러면 고민 정도는 해 볼 수도 있지."

"……."

그제야 기사들은 깨달았다.

아렌트는 렉시온이 곧 찾아올 것을 예상하고 책을 미리 빼돌린 거였다.

"내가 그럼 멍청하게 앉아서 기다리고 있을 줄 알았어요? 드래곤이라는 자가 그렇게 어설퍼서야. 하긴 둔해 빠진 선배들한테까지 정체를 들키는 것부터가 알 만하네."

아렌트가 피식 입꼬리를 휘었다.

"모양 빠져서 이거 어쩌나. 민망하겠네요. 오랜만의 나들이일 텐데, 인간 꼬맹이에게 엿만 처먹고 있으니."

"미쳤어, 저거……."

기사들 중 하나가 입을 달싹였다.

저 망할 놈이 원래 제정신이 아니라는 건 모두 익히 아는 사실이었다.

하지만 설마 드래곤 앞에서까지 개길 줄이야.

드래곤이 내뿜는 압박감은 아까보다 심하면 심했지, 결코 덜하지는 않았다.

그런데도 아렌트는 안색 하나 변하지 않고 드래곤에게 조롱을 퍼붓고 있었다.

렉시온은 한참 동안 침묵을 지켰다.

그리고 잠시 후, 그가 입을 열었다.

"정말 이해할 수가 없군."

무미건조한 한 마디였다.

하지만 그가 운을 떼자마자 살기가 더욱 짙어졌다.

"죽음이 두렵지 않은 건가?"

진심으로 궁금하다는 듯, 의문이 가득 묻어나는 음성이었다.

"아니면 네 동료들과 함께 죽음을 맞이할 각오라도 되어 있는 건가? 혹은…… 진심으로 날 상대할 수 있을 거라고 생각하나?"

"어느 쪽일 것 같은데요?"

아렌트가 농담처럼 되물었다.

"당연히 셋 다 틀렸는데. 죽긴 왜 죽어요? 안 되겠다 싶으면 저 사람들 버리고 나 혼자 도망쳐야지. 저 사람들이야, 명예롭게 죽는 데 혈안이 되었으니 그쪽 손에 죽는다면 뭐……."

견습 기사의 시선이 슬쩍 아서와 리히트 쪽으로 닿았다.

잠시 후, 아렌트가 어깨를 으쓱하며 아무렇지도 않게 덧붙였다.

"나름 만족스러워하지 않을까요? 황궁에 침입한 드래곤과 맞서 싸우다 전사했다면 나름대로 이름도 남길 수 있을 테고요."

"……."

"그쪽도 악룡으로 이름 떨치게 되겠네요. 난데없이 칼리온 제국의 황궁에 난입해 기사단을 몰살시켰다니, 꽤 멋진 업적일 것 같은데."

"……."

"뭐, 그것도 할 수 있을 때의 이야기지만."

꿈틀.

렉시온의 눈썹이 구겨졌다.

아렌트가 담백하게 툭 내뱉었다

"길게 말했지만, 결론은 이겁니다. 할 수 있으면 해 보든가."

"……하."

잠깐 입을 다물고 있던 렉시온이 헛웃음을 터뜨렸다.

"황당할 정도의 자신감이군, 아렌트 폰 에크하르트."

렉시온의 발치에서 검은 마력이 스멀스멀 피어오르기 시작했다.

기사들이 반사적으로 검을 틀어쥐었다.

라이오스 역시 마찬가지였다.

하지만 아렌트만큼은 그 자리에서 한 발짝도 움직이지 않았다.

그저 유리알처럼 무감정한 황금색 눈동자로 그를 가만히 응시하기만 할 뿐이었다.

검은 마력이 아렌트의 발아래를 포위하듯 떠돌기 시작하고, 렉시온의 날 선 눈동자가 음산한 냉기를 드리웠다.

"네 무른 몸뚱이 하나 정도야, 손 하나 까닥하는 것만으로 산산조각 낼 수 있다. 오랜만에 악룡이라 불리는 것도 나쁘지 않겠군."

"말씀대로예요. 나쁘지 않죠. 폼도 나고. 그런데 원하는 건 영원히 손에 넣을 수 없을 겁니다."

"죽고 싶지 않다면 말해. 그 책은 어디에 있지?"

렉시온이 결국 평정심을 잃어버리고 사납게 협박했다.

그러자 무표정하게 드래곤을 응시하던 아렌트의 입가에 슬쩍 미소가 스쳤다.

"좋아요, 그렇게 원한다면야. 가르쳐 드리죠."

"뭐?"

뜻밖의 말에 렉시온이 얼굴을 일그러뜨렸다.

아렌트는 그를 똑바로 바라보며 천천히 말을 이었다.

"칼리온 제국에서 제일 안전한 곳이 어딜까요? 당신 같은 무뢰배 드래곤이 결코 침범할 수 없는 곳. 거기에 두고 왔어요."

"……."

그 말을 이해하지 못한 렉시온이 굳어 버렸다.

경직된 침묵 속, 비웃음을 머금은 채 아렌트의 말이 조곤조곤 이어졌다.

"누구에게나 열려 있지만, 누구도 범접할 수 없고. 누구보다 부드럽지만 세상에서 제일 강한 사람이 지키는 곳. 기거할 곳이 없는, 오래 굶고 지저분한 사람에게는 한없이 자비롭지만 돈 있고 힘 있는 사람에게는 단호한 곳."

아서는 저도 모르게 슬쩍 긴장을 풀고 중얼거렸다.

"설마……."

아렌트의 설명에 부합한 곳은, 이 제국에서 딱 한 곳뿐이었다.

그제야 사태를 파악한 렉시온 역시 얼굴을 딱딱하게 굳혔다.

드래곤이 믿기지 않는다는 듯 중얼거렸다.

"……대신전?"

물론 얼마 전까지의 대신전은 아렌트의 장황한 설명에 딱 맞는 곳이 아니었다.

하지만 루미엘이 대신관의 자리에 오르면서 대신전은 방금 아렌트가 늘어놓은 말을 지향점으로 잡고 서서히 바뀌어 가고 있었다.

"감사하게도 대신관님이 맡아 주신다고 해서요. 제가 직접 찾아가서, 미리 정한 암호를 말하지 않으면 절대 넘겨주지 않으실 거예요. 루체 신의 이름까지 걸고 약속했으니까."

고개를 끄덕인 아렌트가 느긋하게 말을 이었다.

"자신 있으면 어디 한번 대신관님도 협박해 보시든가요. 당장 내 물건을 내놓지 않으면 죽여 버리겠다고."

경악한 모두와는 반대로, 아렌트의 얼굴에는 이제 선명한 미소가 피어난 채였다.

"신의 성전을 짓밟고, 책을 내놓지 않으면 신관들을 몰살시키겠다고 한번 협박해 보라고. 할 수 있나?"

"……."

드래곤은 이 땅의 생물들 중 가장 신과 가까운 존재라

고 불렸다.

 그게 단지 드래곤의 강함을 찬미하기 위해 붙은 별명만은 아닐 거라고, 아렌트는 꽤 쉽게 추측해 냈다.

 마정석 광산의 지하에는 체르니온 신을 경배하는 드래곤이 직접 남긴 성화가 있었다.

 그리고 드래곤이 직접 남겼고, 렉시온이 찾아 헤매는 책의 표지에도 기도 구절이 남아 있었다.

 즉, 그들은 어쩌면 인간보다도 더 신을 찬미하고 두려워하는 존재일지도 모른다는 뜻이었다.

 그 짐작이 맞아떨어졌는지, 순식간에 렉시온의 안색이 파리해졌다.

 "당연한 말이지만, 대신관님이랑 정한 암호는 나만 알아요. 날 죽이면 영영 물건을 되찾지 못할 거예요. 대신전을 뒤집어엎지 않는 이상."

 "……굳이 너를 붙잡아 죽일 필요는 없지. 이 자리에는 다른 인간들도 많으니까."

 렉시온이 음산한 음성으로 대꾸했다.

 분노한 드래곤의 마력은 이제 숨 쉬기도 어려울 정도로 기사들을 압박하고 있었다.

 "이대로 한 명씩 죽이는 것도 어려운 일은 아니다, 아렌트 폰 에크하르트."

 "저 사람들이야 죽든 말든 상관없는데, 그렇게 지껄여

봤자 안 믿을 것 같으니…….”

고개를 살짝 갸웃한 아렌트는 잠시 고민하는 척 뜸을 들였다.

엉망이 된 생활관에 짧은 침묵이 흘렀다.

그 누구도 선뜻 입을 열지 않았다.

심지어는 렉시온마저 가만히 그의 다음 말을 기다릴 뿐이었다.

자신에게 모여든 시선에, 아렌트는 꽤 오랜만에 무대의 주역이 된 기분을 느낄 수 있었다.

위태롭게 걸린 샹들리에가 스포트라이트라면 멍청하게 넋을 놓은 기사들이 관객이었다.

상대 역은 오랫동안 실체가 베일에 감춰져 있던 드래곤.

미쳐 돌아가는 이 무대 위에 캐스팅하려 오랜 시간 동안 공을 들인 특별한 주연이었다.

꽤 만족스러운 상황이었다.

그의 입에서 다음 대사가 매끄럽게 흘러나왔다.

“저 사람들한테 손가락 하나라도 대면 내가 제일 먼저 자결하지. 어때? 이 정도면 설득력이 좀 있나?”

“…….”

렉시온은 그만 할 말을 잃어버리고 말았다.

넋이 빠진 것은 다른 기사들 역시 마찬가지였다.

가볍게 내뱉는 어조가 더없이 진심으로 느껴졌으니까.

멍하니 있던 아서가 퍼뜩 정신을 차리고 소리를 질렀다.
"야, 야! 무슨 미친 소리를 하는 거야?!"
"드래곤을 상대하려면 이 정도는 해야죠. 이 정도면 싸게 먹히는 거 아닌가?"
하지만 아렌트는 보란 듯이 어깨를 으쓱할 뿐이었다.
말의 진의를 파악해 보려는 듯, 렉시온은 한동안 입을 닫은 채 무표정한 얼굴로 그를 가만히 관찰했다.
하지만 그런다고 해서 뭘 얻어 낼 수 있는 건 아니었다.
아렌트의 황금색 눈동자는 여전히 고요했고, 무려 드래곤의 마력과 살기를 고스란히 받아 내면서도 곧게 선 자세는 전혀 흔들리지 않았다.
마침내 렉시온은 깨닫고 말았다.
'저놈, 진심이군.'
만약에 자신이 이들 중 단 한 명에게라도 손을 댄다면, 아렌트는 망설임 없이 제 목에 칼을 박아 넣을 것이다.
한참 만에 렉시온이 공허한 웃음을 터뜨렸다.
"진짜 감당 안 될 정도로 미친놈이군."
"칭찬 감사."
"칭찬으로 들렸나?"
천연덕스러운 대꾸에 렉시온이 황당하게 되물었다.
기사들은 그 모습에서 기시감을 느끼고 말았다.

저 의미 없는 말싸움은 아렌트가 평소에 다른 사람들과 흔히 하는 대화였으니까.

금방이라도 터질 것 같던 일촉즉발의 상황이 소강상태에 접어들었다는 증거였다.

드래곤이 두르고 있던 살기와 마력이 한순간에 흩어졌다.

그것을 감지한 기사들이 서로 눈치를 보며 주춤주춤 검을 거두었다.

"……후우."

라이오스 역시 짧게 안도의 한숨을 내쉬며 자세를 풀었다.

그를 지켜보던 아렌트가 살짝 눈썹을 휘었다.

"의외로 빨리 받아들이네요."

"대화도 말이 통하는 상대랑 해야지. 미치광이랑 길게 이야기해 봤자 소용없다는 건 꽤 오래전에 깨달았거든."

렉시온이 쯧 혀를 찼다.

라이더가 중얼거렸다.

"지극히 옳으신 말씀……."

"그렇지, 맞는 말이지."

"역시 드래곤은 혜안을 지녔다더니……."

여기저기서 기사들이 맞장구를 치자 렉시온은 어처구니가 없어졌다.

"……넌 도대체 어떤 삶을 살아온 거냐?"

"뭐, 난 마음에 들어요. 제법 성공한 삶인 것 같아서."
"……."
렉시온이 입을 꾹 다물었다.
그리고 잠시 후, 렉시온은 그냥 화제를 돌려 버렸다.
"부탁이라는 게 뭐지? 일단 들어나 보자."
더 이상 상종하기 싫다는, 아주 강력한 의사 표현이었다.

(배신 기사의 유쾌한 신의 10권에서 계속)